Ralf Sotscheck

Der Name der Ente

Mit Illustrationen von ©TOM

und einem Vorwort von Michael Ringel

Schreibstark-Verlag
Saalburgstr. 30
61267 Neu-Anspach
ISBN: 978-3-96947-027-5

Ilustrationen: ©TOM
Coverrückseite/Photo: Burghard Mannhöfer
Buchsatz/Layout: Marc Debus

Danksagung

Ohne Marc Debus und Patrick Steinbach wäre das Buch nicht zustande gekommen. Dafür danke ich ihnen, ebenso wie ©TOM für die Zeichnungen und Michael Ringel für das Vorwort. Ringel und seiner Kollegin Harriet Wolff sowie Christian Bartel und Lars Klaaßen, den Hütern der Wahrheitseite in der taz, gebührt mein Dank dafür, dass sie mir jeden Montag ein Stückchen Wahrheit abgeben. Bei Áine bedanke ich mich für die moralische und kulinarische Unterstützung. Und zu guter Letzt Dank an die freiwilligen und unfreiwilligen Protagonisten der Geschichten.

Ralf Sotscheck

Für Seán und Conor

©TOM

Das doppelte Komplottchen

Von Michael Ringel

Drei Dinge können Iren besonders gut: saufen, singen und Geschichten erzählen. Ein Glück, dass Ralf Sotscheck nicht singen kann. Sonst wäre er zu perfekt.

An dieser Stelle soll endlich ein Geheimnis gelüftet werden, das der gebürtige Berliner und geborene Ire seit Jahrzehnten sorgfältig vor den Augen der Öffentlichkeit zu verbergen versucht.

Zwei der drei klassischen keltischen Eigenarten beherrscht Ralf Sotscheck meisterlich. Dass er ein phänomenaler Erzähler ist, weiß jeder Leser seiner Berichte, Kolumnen und mehr als dreißig Bücher, die er bislang veröffentlicht hat. Besonders gut versteht er sich aber auf das „Ralfen", wie es in Freundeskreisen ebenso ehrfürchtig wie angsterfüllt genannt wird, wenn der Dunkelbierfürst auf den Wellen des Durstes über die Irische See heranreitet und seine Heimatstadt Berlin unsicher macht.

Dann muss der Wahrheit-Redakteur jedes Mal eine Art Warn-Mail an Freunde und Autoren schicken und zum sogenannten „S-Day" laden, der lange Jahre zum Beispiel im Schöneberger Felsenkeller stattfand: „Mütter, schließt eure Töchter in die Kabäuschen! Väter, ladet die Meuchelpuffer! Kerle und Dirnen, seid fest im Trunke und hart im Nehmen! Es ist S-Day!"

Nicht einen Abend, nein, mindestens zwei Tage dauert solch ein „S-Day“, auch weil der Herrscher der Sperrstunde einer der größten Taxiabbesteller in der Geschichte des Absturzes ist. Immer wieder kommt es vor, dass der brutale Baron der Buddel einem bestellten Droschkenkutscher verstohlen einen Schein in die Hand drückt, damit niemand den nächtlichen Ort des Gelages verlässt.

Wie aber kann ein Einzelner diese übermenschliche Anstrengung verkraften? Und dabei auch noch glänzende gesundheitliche Werte vorweisen? Was der kugelige Mann nach jedem Arztbesuch triumphierend verkündet. Was ist sein Geheimnis? Erstmals misstrauisch wurden diverse Opfer des Sotscheck'schen Sinnestaumels, als der damalige taz-Sportredakteur Matti Lieske eines Tages felsenfest behauptete, mit dem Schenk der Hölle in Berlin unterwegs gewesen zu sein, während ein Kollege ebenso standhaft schwor, ihn zur gleichen Zeit in Dublin besucht zu haben.

Plötzlich stand es glasklar vor Augen, all die Zeichen waren immer schon da gewesen: Da gibt es mit Dublin an der Ost- und Fanore an der Westküste Irlands zwei Wohnorte. Die zwei Pässe. Die zwei Kinder. Die zwei Seelen, ach, in seiner Brust. Denn einerseits pflegt der überaus liebenswürdige Ralf Sotscheck Freundschaften mit inniger Herzlichkeit, andererseits führt er ständig seine besten Freunde mit durchtriebenem Schabernack hinters Licht. Einer-

seits ist er enorm großzügig und freigiebig, andererseits sind seine Vorstellungen von Finanzangelegenheiten – gelinde gesagt – abenteuerlich.
Es gibt nur eine Erklärung, es sind zwei: Ralf und – nennen wir ihn hier – Rolf Sotscheck. Seit Jahren schmieden die eineiigen Zwillinge ein doppeltes Komplottchen, in das nur wenige Menschen eingeweiht sind, wie beispielsweise Ralfs irische Frau Áine. Sie lernte beide Sotschecks in den siebziger Jahren in Berlin kennen. Der eine war Lastwagenfahrer, und der andere schrieb erste Texte für die taz. Der eine erarbeitete die Grundversorgung, und der andere sorgte für die notwendige geistige Nahrung. Es muss ein schwieriger Moment gewesen sein, als die Brüder die Frau ihrer Träume endlich in ihr Geheimnis einweihten und sie sich gemeinsam entscheiden mussten, wer wen heiraten durfte.
Endlich aber versteht man die mysteriösen Vorgänge im Domizil der Sotschecks. Als Gast im Dubliner Stadtteil Drumcondra wird man als Erstes mahnend mit dem Satz empfangen: „Es gibt eine Regel hier: Alles, was im Haus geschieht, bleibt im Haus und dringt nicht nach draußen“, während ein Zimmer stets für Besucher gesperrt ist, weil es angeblich „zu vollgestellt“ sei, wie es heißt. Mit den heutigen Kenntnissen ein schlagender Beweis für die Täuschung und eine Vorsichtsmaßnahme, falls sie auffliegt.

Seit frühester Jugend stecken Ralf und Rolf Sotscheck unter einer Decke. Was eine weitere Eingeweihte bestätigen könnte, wenn sie es denn wollte. Doch Mutter Ruth Sotscheck gilt als größte Entweder-oder-Überhörerin Berlins. Stellt man ihr zum Beispiel die Frage: „Gehen wir zum Chinesen oder zum Italiener?“, dann antwortet sie stets gleich raffiniert: „Ja.“ Eindeutig eine lang geübte, familiäre Vermeidungsstrategie, damit sie um die Frage: „War das jetzt Ralf oder Rolf?“ herumkommt.
Doch es gibt ein Dokument, das die Sotscheck-Verschwörung entlarvt. Immer wieder erzählt Ralf Sotscheck, dass er ein Hertha-Frosch der ersten Stunde sei und man in einer Sendung der „Sportschau“ mit Ernst Huberty habe sehen können, wie nach dem Spiel gegen den 1. FC Köln im Berliner Olympiastadion ein Junge mit einer riesigen Hertha-Fahne aufs Feld stürmte. Der kleine Junge, der die Fahne schwenkte, sei er gewesen. Sieht man sich allerdings im Deutschen Rundfunkarchiv die verwackelten Aufnahmen aus den sechziger Jahren an, entdeckt man nicht einen, sondern tatsächlich zwei Fußballfrösche. Einer allein hätte die Riesenfahne gar nicht tragen können.
Es ist ein gigantisches Täuschungsmanöver, das bis heute anhält. Ralf und Rolf sind insgeheim immer gemeinsam unterwegs – selbst auf der Toilette, wo beide sich an einem S-Day abstimmen über Personen, Gesprächsthemen und Abläufe am Tisch. Trinkt der eine, verschnauft der andere. Was ihnen durch

einen Trick gelingt, gilt Ralf Sotscheck doch als der größte Nichtraucher aller Zeiten, dabei raucht er wie ein Schlot, sodass er zur Tarnung ab und zu verschwinden und am stillen Ort zwei Zigaretten (!) auf einmal paffen kann.

Auf diese Weise hat Sotscheck es sogar zu einer eigenen Figur im täglichen Cartoon-Streifen „touché“ des Zeichners ©Tom auf der Wahrheit-Seite der taz gebracht: „Raucher-Ralle“. Der seit dem Jahr 2010 auch als drei Meter zehn hohes Monument auf dem Vordach des Kasseler Hauptbahnhofs steht und „wie Hermann der Cherusker im Hermannsdenkmal sein Schwert eine glühende Zigarette in den Himmel reckt“, wie die für das Raucherdenkmal verantwortliche Caricatura Kassel schreibt. Ein weiterer Hinweis auf die Doppelexistenz, hieß doch Hermann Arminius wie Ralf Rolf.

Um zu erfahren, warum beide Sotschecks ihre Umgebung so lange schon täuschen konnten, muss man allerdings in ihre Jugend zurückblicken. Wie Klassenbücher und andere Dokumente belegen, sollten beide Brüder einst in den Schulchor aufgenommen werden. Singen aber, das ist für einen Sotscheck ungefähr so erfreulich, wie mit einem stummen Diener Brüderschaft zu trinken. Deshalb haben sie sich irgendwann entschlossen, ein doppeltes Leben im halben zu führen. Wenn nur einer von beiden singt, wird geteiltes Leid zum halben.

Nur so ist es möglich, dass sich ein Sotscheck derart viel hinter die Binde gießen kann und zugleich immer neue Geschichten auf Lager hat. Und wo könnte das besser funktionieren als im Land der trunkenen Erzähler, in dem die Brüder Sotscheck ihre Bestimmung gefunden haben. Und von denen ihre Geschichten auch im vorliegenden Band mit aller Kraft des Doppelherzens zeugen.

(Michael Ringel ist Wahrheit-Redakteur der *taz*)

Der Name der Ente

Ich war ein dünnes Kind. Freunde und Bekannte, die mich damals noch nicht kannten, halten das für Fake News. Es stimmt aber. Ich war in Berlin-Lankwitz, wo ich aufwuchs, bekannt als der Knabe, hinter dem die Mutter mit einer Stulle herlief. Wenn ich unterwegs irgendetwas mit offenem Mund bestaunte, schob sie mir Brot hinein.

Etwas subtiler war der Trick mit dem Blechteller und den drei Enten. Die Vögel waren auf den Boden des Tellers aufgedruckt, und um sie zu sehen, musste ich den Brei aufessen. „Noch ein Löffel, und wir können Eulalie sehen", ermutigte mich meine Mutter. Ein weiterer Löffel, und Genoveva würde auftauchen. Es klappte, bis ich überlief und den Brei wieder auskotzte, was meine Mutter in die Verzweiflung trieb.

Ich musste jeden Abend auf die Waage. Andere Eltern maßen das Wachstum ihrer Sprösslinge mit Strichen an der Wand, ich bekam einen Eintrag in die Wiegekarte, die eigentlich für Babys bis zum Alter von zwölf Monaten vorgesehen ist.

Neulich, beim Aufräumen, fiel mir der Blechteller wieder in die Hände. Er ist zwar etwas verrostet, und die Enten sind ziemlich verblasst, aber noch gut sichtbar. Eulalie und Genoveva erkannte ich sofort. Wie aber hieß die dritte Ente? Ich rief meine Mutter an. Sie ist inzwischen 95 Jahre alt, aber geistig fit. Euphrosine", sagte sie wie aus der Pistole geschossen.

Wie ist sie bloß auf die Namen gekommen? „Eulalie“ heißt ein Gedicht von Edgar Alan Poe, Er hatte den Namen gewählt, weil er den Buchstaben L liebte. Seine Frauengestalten hießen Annabel Lee, Leonore, Ulalume. Genoveva hingegen, deren Name auf das walisische Gwenhwyfar zurückgeht, was „schönes Gesicht“ bedeutet, war eine heilige Jungfrau aus dem 5. Jahrhundert, sie ist Schutzpatronin von Paris.
Und „Euphrosine“ heißt eine Oper des französischen Komponisten Étienne Nicolas Méhul, sie wurde 1790 im Salle Favart in Paris uraufgeführt. Meine Mutter hatte damals mit Sicherheit noch nie von Poe oder Gwenhwyfar gehört, und von Méhul vermutlich bis heute nicht, was aber keine große Wissenslücke ist.
Ich rief sie erneut an und fragte nach. Ihr Vater, der Ingenieur bei einem großen Elektro-Unternehmen war und sich stets ordentlich mit Anzug und Fliege kleidete, habe ihr, als sie Kind war, Geschichten erzählt, in denen die drei Namen ständig vorkamen, sagte sie: „Und die Namen habe ich mir gemerkt.“ Ich kann von Glück sagen, dass ich nicht als Mädchen geboren wurde, da ich in dem Fall wohl einen Entennamen hätte.
Neulich habe ich meine Mutter wieder mal in Berlin besucht. Ihre Freude hielt sich in Grenzen. „Meine Güte, bist du dick“, jammerte sie. „Eines Tages wirst du platzen. Und wer kümmert sich dann um meine Angelegenheiten?“ Meine Ausrede, dass ich endlich

meine Magersucht überwunden habe, ließ sie nicht gelten. Man kann es ihr einfach nicht recht machen.
Die Rückreise nach Irland am nächsten Tag heiterte mich keineswegs auf. Da es in aller Herrgottsfrühe losgehen sollte, gönnte ich mir ein Taxi zum Flughafen. Der wohl arabische Fahrer, mit dem Kopf ans Seitenfenster gelehnt, redete ununterbrochen. Aber nicht mit mir. Für ein Telefongespräch schien mir die Konversation zu einseitig. Betete er? Ich tat es jedenfalls in Anbetracht seines Fahrstils, zu dem ein ständiger Wechsel der Fahrspur, aggressives Auffahren und regelmäßiges Hupen gehörte.
Später bekam ich übrigens eine Nachricht von meinem irischen Kreditkarteninstitut. Man hatte die Zahlung für das Taxi verweigert, weil einem eifrigen Sachbearbeiter „die Sache komisch vorgekommen" sei. Jetzt habe ich vermutlich einen arabischen Clan am Hals. Ich halte Sie auf dem Laufenden.
Wider Erwarten erreichten der Araber und ich den Berliner Flughafen unbeschadet. Es gibt genügend Geschichten über dessen teuflisches Design, und sie sind alle wahr. Taxis können am neuen Terminal 2 nicht halten, so dass man vom Terminal 1 zu einer zünftigen Wanderung über viele Treppen und lange Flure aufbrechen muss. Am Ende landete ich am selben Flugsteig wie ein Jahr zuvor, als man noch recht zügig im Terminal 1 abgefertigt wurde. Das erschien den Flughafenbetreibern offenbar zu komfortabel. Schließlich hatten sie einen schlechten Ruf zu verteidigen.

Was hingegen tadellos funktionierte, war der Seifenspender auf der Herrentoilette. Leider hielt der Sensor meinen achtlos hingeworfenen Mantel für eine Hand, so dass ich staunend mitansehen musste, wie mein Kleidungsstück gründlich eingeseift wurde.
Im Flugzeug saß eine ältere Blondine auf meinem Platz und wollte partout nicht weichen. Erst als ihr der Steward mit strengem Blick erklärte, dass sie den Gang-, und nicht den Fensterplatz gebucht hatte, machte sie mir unter Verwünschungen Platz. Der Mann in der Mitte war offenbar ein Kokser. Er zog sich alle 20 Sekunden die Maske von der Nase, schniefte, und setzte sie wieder auf.
Nachdem ich endlich in Dublin angekommen und nach einer knappen Stunde zu Hause war, machte ich es mir mit einem Gläschen Wein im Sessel gemütlich. Das Möbel ist ein Erbstück, die Fußraste lässt sich elektrisch ausfahren und die Rückenlehne absenken, so dass man fast wie in einem Bett liegt. Dann fiel der Strom aus. Hatte der Fluch, mit dem mich die Blondine im Flugzeug belegt hatte, gewirkt? Jedenfalls ließ sich der Sessel ohne Strom nicht mehr in die Normalposition bringen. Ich saß fest. Als ich vorsichtig herausrutschen wollte, kippte der Sessel nach vorne und warf mich ab, so dass ich wie ein Maikäfer rücklings auf dem Boden landete. Ich bin dann einfach liegen geblieben und merkte mir das Datum, damit ich in den nächsten Jahren an diesem Tag gar nicht erst aufstehe und schon gar nicht irgendwo hinfliege.

Ohnehin ist Fliegen ein zweifelhaftes Vergnügen, und nicht nur wegen des Klimawandels. Ich bin erwachsen. Und das schon seit längerer Zeit. Das weiß auch Aer Lingus, die irische Fluglinie, denn bei Buchungen muss man nachweisen, dass man kein Kleinkind ist. Dennoch wird man so behandelt.
Ich wollte online einchecken, was angeblich ab 30 Stunden vor Abflug möglich ist. „Spare wertvolle Zeit", tönte es von der Webseite, „es ist so einfach, und es ist so flink." Denkste. Sobald ich meine Buchungsnummer und meinen Namen eingegeben hatte, erschien die Nachricht: „Ups. Es ist etwas schiefgegangen." Kann man mit einem Unternehmen, das „Ups" statt einer Erklärung liefert, eine ernsthafte Geschäftsbeziehung führen? Ich kontrollierte sicherheitshalber die Zeit – es waren 29 Stunden bis zum Flug.
Am Rand der Webseite ist ein Button für Feedback. Wenn man ihn anklickt, erscheint ein Feld für meinen schriftlichen Wutausbruch. Ob die Uhren bei Aer Lingus anders gehen, wollte ich wissen. Außerdem bat ich darum, nicht mehr angeupst zu werden. Aber liest das überhaupt jemand? Ob die Flugbegleiter auch „Ups" sagen, wenn sie einem den Tomatensaft versehentlich aufs Hemd gießen? Und upsen die Piloten vor dem Absturz?
Eine Stunde später versuchte ich es nochmal. Wieder Ups. Ich klickte erneut auf den Feedback-Button, um noch einige Boshaftigkeiten hinterherzuschieben. Diesmal erschien die Nachricht: „Hmm. Wir haben

Schwierigkeiten, die Seite zu finden." Hmm? Es ist deren eigene verdammte Webseite. Wenn sie nicht mal die finden konnten, dann stand es um meine Bordkarte erst recht schlecht.
Ich sei Vielflieger, aber bald bei einer anderen Fluglinie, drohte ich in einer Mail, die aber zurückkam, weil die Aer-Lingus-Adresse nicht für eingehende Mails eingerichtet ist. Da ich auf einer Insel lebe, komme ich leider nur per Flugzeug weg. Mit Schiffen kann ich nicht reisen, weil mir schon bei leichtem Seegang kotzübel wird.
Das Bonusprogramm für Vielflieger war mir bisher ein Rätsel, denn auch nach mehr als 30 Jahren auf der Insel habe ich noch nie irgendeine Vergünstigung bekommen. Dann berichtete eine Zeitung, dass beim Bonusprogramm von Aer Lingus keineswegs Punkte für die zurückgelegten Flugmeilen vergeben werden, sondern sie sind vom Ticketpreis abhängig. Da ich stets recht preiswert fliege, bin ich nie über die grüne Stufe hinausgekommen. Um es auf die silberne Stufe zu schaffen, müsste ich sechs Mal zum vollen Preis nach Amerika fliegen. Für die goldene Stufe ist vermutlich ein Flug zum Mond erforderlich.
Ein letzter Versuch, meiner Wut über die unerreichbare Bordkarte Ausdruck zu verleihen, war ein Forum von Aer-Lingus-Opfern. Ich bin nämlich nicht alleine. Gleich der erste Eintrag verbesserte meine Laune. Aer Lingus sei „so schlecht wie Ryanair",

schrieb ein Tom Boardman. „Aber wenigstens behandelt Ryanair seine Kunden ganz offen mit Verachtung."
Aer Lingus hingegen bestraft die Kundschaft mit Verspottung. Ich hatte einen Flug nach Frankfurt gebucht und wollte einchecken. Das ging aber nicht. Ein roter Balken über meinen vermeintlichen Reisedaten verkündete, dass ich den Flug storniert hätte. Hatte ich aber gar nicht. Ich rief den Kundenservice – ein euphemistischer Tarnname – an und landete in einer Warteschleife. Dabei hatte ich den Hinweis beachtet, die Zeit zwischen morgens und nachmittags wegen Überlastung zu meiden und versuchte es am frühen Abend, aber da hatten die meisten Mitarbeiter wohl bereits Feierabend.
Ich stellte das Telefon auf Lautsprecher und wurde mit grauenhafter Musik gequält, die wie eine Schellackplatte aus den dreißiger Jahren klang. Nebenbei kochte ich. Als ich nach 87 Minuten mein Dinner gerade appetitlich auf dem Teller angerichtet hatte, meldete sich eine Frau namens June, die offenbar in einer Blechtonne saß. Sie sprach kaum englisch, und so wäre die Unterhaltung beinahe schon zu Beginn gescheitert, weil sie die „three" in meiner Buchungsnummer als Buchstaben „tee" interpretierte und mir erklärte, dass ich gar nicht gebucht hatte.
Schließlich klappte es doch noch mit der Verständigung. Der Flug sei gestrichen, erklärte sie mir. Alle Flüge nach Frankfurt seien gestrichen, man könne erst wieder in zwei Monaten fliegen. Aer Lingus hält

es offenbar für Zeitverschwendung, die Kundschaft über stornierte Flüge zu informieren. Ob sie mir bei der Erstattung des Flugpreises helfen könne? Im Prinzip schon, antwortete June, aber sie müsse erst bei der entsprechenden Stelle nachfragen. Ich solle warten.
Wenigstens wurde ich diesmal nicht mit grässlicher Musik gequält, sondern hörte nur Meeresrauschen, und zwar eine halbe Stunde lang. Vermutlich war die Kundenberaterin aus ihrer Blechtonne geklettert und schwimmen gegangen. Dem Meeresrauschen nach zu urteilen, lebte sie nahe am Wasser, wahrscheinlich an einem sonnigen Ort mit Sandstrand, der für Aer-Lingus-Kunden ein Traum bleiben wird.
Mit Hilfe einer anderen Fluglinie gelangte ich doch noch nach Frankfurt. Dort vergaß ich zu allem Überfluss mein Ladegerät fürs Handy im Hotelzimmer. Es war das dritte Ladegerät binnen drei Monaten, das mir abhandengekommen war. Ich bin mit meiner Schusseligkeit aber nicht alleine. Regenschirme. Unterhosen. Dildos: Das sind keine ungewöhnlichen Dinge, die Menschen im Hotel vergessen. Aber es gibt andere Gegenstände, bei denen man sich fragt, was für Menschen die vertrottelten Eigentümer wohl sind.
Das Unternehmen Jurys Inn veröffentlicht jedes Jahr eine Liste von Dingen, die Gäste in den 28 Hotels der Kette zurückgelassenen haben. Im Schnitt sind es 65.000 Objekte. An der Spitze stehen Ladegeräte, das ist langweilig. Handys, Shampoo und Brillen

sind es auch. Was aber hat der ältere Herr gefrühstückt, dass er sein fehlendes Gebiss nicht bemerkte? Ein weich gekochtes Ei? Gibt es bei Jurys nicht, die Eier sind immer hart.
Keineswegs langweilig ist ein Schlüssel für einen nagelneuen Ferrari. Nahm der Eigentümer versehentlich die Straßenbahn? Oder ist er ein Angeber, der in Single-Bars Frauen beeindrucken wollte? Warum ein nie getragenes Hochzeitskleid im Hotelzimmer hängen geblieben ist, lässt sich erahnen. Wenigstens blieb dem Fast-Bräutigam das Schicksal des verstorbenen Ehemannes erspart, dessen Witwe die Urne mit seiner Asche im Hotel vergaß.
Ein englischer Geschäftsmann ließ Rupert, einen 50 Jahre alten Teddybären, in einem Hotel in Aberdeen zurück. Er schickte am nächsten Tag seine Sekretärin aus London mit einem Privatflugzeug nach Schottland, weil er ohne das Stofftier nicht schlafen konnte. Manchmal findet das Hotelpersonal auch lebende Tiere, zum Beispiel einen Scottish Terrier namens Taggart, der nach dem Polizisten Jim Taggart in der gleichnamigen Krimiserie benannt wurde. Apropos Fernsehen: Ein Autor ließ ein fertiges Serienmanuskript im Hotelzimmer liegen. Angesichts des drögen Fernsehprogramms wünscht man sich, das würde öfter passieren.
Filmreif klingt dagegen das Bündel von 40 Liebesbriefen, das ein Hotelangestellter unter einem Bett fand. Der Gast hatte die Briefe an einen Kopfsalat

geschrieben und darin seine sexuelle Obsession offenbart. Das Objekt seiner Begierde hatte er aber nicht hinterlassen. War es bereits verwelkt? Bei einem Drittel der zurückgelassenen Gegenstände handelt es sich um Sexspielzeug, darunter war auch ein aufblasbares Schaf. Gehörte das womöglich demselben Gast, der die mit Swarovski-Kristallen besetzten Gummistiefel vergessen hat? Bauer sucht Frau?
Was aber wollte ein Hotelgast mit einer ausgestopften Eule? Warum wurde die Mürbegebäck-Nachbildung von Ben Nevis, dem höchsten schottischen Berg, nicht gegessen? War der Bastler volltrunken, als er sein aus Bierdosen gebautes riesiges Modell des Ungeheuers von Loch Ness zurückließ? Und wie ist der Gast weitergereist, dessen Beinprothese samt Schuh im Hotel gefunden wurde?
Auf all diese Fragen gibt es keine Antworten, denn Hotelangestellte dürfen vergessliche Gäste nicht zu Hause anrufen. Frau Miller könnte sonst erfahren, dass ihr Mann gar nicht mit seinem Chef auf einer Vertreterkonferenz in Dublin war, sondern sich in einem romantischen Hotel mit einem aufblasbaren Kopfsalat vergnügt hat.
Ein Urlaub zu Hause in Irland hat den Vorteil, dass man auf Flugzeuge und Schiffe verzichten kann. Aber Autofahren hat auch seine Tücken. Einmal im Jahr verbreiten irische Kfz-Versicherungen nämlich Angst und Schrecken unter den 2,2 Millionen Autobesitzern. Mein Verhältnis zu dieser Branche war

von Anfang an getrübt. Als ich vor vielen Jahren nach Irland zog, verlangte die Versicherung einen happigen Aufschlag, weil ich einen deutschen Führerschein besaß.
Nachdem ich die irische Führerscheinprüfung bestanden hatte, wurde die Sache nicht billiger, weil ich einen noch happigeren Aufschlag für das aus Deutschland importierte Auto zahlen musste: Es hatte das Steuer auf der falschen Seite. Schließlich kaufte ich einen Wagen in Irland mit Rechtssteuer, und für einige Jahre herrschte Waffenstillstand zwischen mir und der Versicherung – bis zu dem Tag, an dem der Sachbearbeiter behauptete, er habe meine Umzugsmeldung samt neuer Adresse nie erhalten.
Deshalb war die jährliche Rechnung nicht angekommen, so dass meine Versicherung bereits fünf Monate zuvor abgelaufen war. Ich könne von Glück sagen, dass ich in der Zeit keinen Schaden angerichtet habe, meinte der garstige Sachbearbeiter, der seine Macht außerordentlich genoss. Eine Erneuerung des Versicherungsschutzes käme nicht in Frage, weil man keinen 21 Jahre alten Kleinwagen versichere, höhnte er.
Mein Argument, dass ich doch jedes Jahr zum TÜV müsste und deshalb kein erhöhtes Risiko darstellte, zog nicht. Die Gauner stecken mit den Autohändlern unter einer Decke: Die wollen nämlich, dass man sich alle naselang einen Neuwagen zulegt.

Es gibt nur ein einziges Unternehmen in Irland, das auch betagte Blechkisten versichert, sich das aber fürstlich bezahlen lässt. Obwohl ich eher übervorsichtig fahre, so dass mich manche Freunde „Sotschneck" nennen, steigt die Versicherungsprämie jedes Jahr. Theoretisch kennt man in Irland zwar den Schadensfreiheitsrabatt, aber der wird durch die Prämienerhöhungen stets mehr als aufgefressen. Die Versicherungsbeiträge sind in zehn Jahren um 42 Prozent gestiegen, obwohl die Schadensfälle um 2,5 Prozent zurückgegangen sind.

Die irische Zentralbank hat 2021 eine Untersuchung in Auftrag gegeben. Die kam zu dem Ergebnis, dass loyale Kunden bestraft werden. Sie werden jedes Jahr stärker zur Kasse gebeten, weil sie keine Preise vergleichen. Neukunden hingegen lockt man mit günstigen Angeboten. Für mich ist das keine Option, denn ich bin zwangsloyal, weil kein anderes Unternehmen meine alte Kiste versichern will.

An der Corona-Pandemie hat die Versicherungsbranche besonders dreist profitiert. Die meisten Autos standen während des ausgedehnten Lockdowns nämlich still, so dass es kaum Schadensfälle gab und die Versicherungen allein im Jahr 2020 fast 300 Millionen Euro eingespart haben. Nach der Rüge der Zentralbank verteilten sie Coupons. Ich habe einen Amazon-Gutschein über zehn Euro erhalten und mir das Buch „Tod eines Versicherungsvertreters" zugelegt.

Neben der Versicherungsbranche hat vor allem mein Gewicht von der Pandemie profitiert. Es ist nicht einfach, die Pfunde wieder loszuwerden. Zu Weihnachten hatte ich ein Fitness-Armband geschenkt bekommen. Es erfasst jeden Schritt, den man tut, und meldet ihn dem Handy. Allerdings nicht meinem Handy, sondern dem der Tochter, die mir das Armband geschenkt hatte. Ich wunderte mich zunächst, woher sie wusste, dass ich nach dem Essen nicht wie behauptet zwei Kilometer, sondern 200 Meter gelaufen war.
So band ich das Armband dem Nachbarshund ans Bein, was er widerstandslos geschehen ließ. Es nützte aber nichts, am nächsten Tag übermittelte die Fußfessel lediglich 20 gelaufene Meter ans Tochterhandy. Ob der Hund überraschend verstorben sei, fragte ich den Nachbarn. Nein, meinte er, das Tier leide an Arthritis und laufe nur noch von der Couch zum Futternapf und zurück. Ein Bruder im Geiste, dachte ich und versenkte das Armband im Meer.
Doch dann riet mir der Arzt zu mehr sportlicher Betätigung, vermutlich hatte die Tochter ihn aufgehetzt. Bei den Herbststürmen an der irischen Westküste jagt man aber keinen Hund vor die Tür, was mir der Nachbarshund bestätigte. Deshalb kaufte ich ein sündhaft teures Laufband, bei dem man nicht nur Geschwindigkeit und Steigungen einstellen, sondern auch den Untergrund wählen kann: Das Gerät kann Tartanbahn oder Gras simulieren.

Ich bin bisher allerdings nicht über einen gemächlichen Spaziergang auf einer glatten Wiese hinausgekommen. Es ist verdammt schwer, sich zu motivieren. Das liege an meinem Instinkt, verriet mir ein nützlicheres Geschenk als das Fitness-Armband: das Buch „Exercised – The Science of Physical Activity, Rest and Health“. Das Wort „Rest“ – also „Ruhepause“ – war mir gleich sympathisch.

Der Autor Daniel E. Lieberman ist Paläoanthropologe an der Harvard University, er erforscht die Stammesgeschichte des Menschen. Wenn man in einem Kaufhaus vor der Wahl stehe, die Treppe oder die Rolltreppe zu benutzen, nehme man instinktiv die Rolltreppe, sagt Lieberman. Dieses Verhalten sei vollkommen natürlich, denn es ging vor langer Zeit darum, nicht unnötig Kalorien zu verbrennen. Man rannte nur, um eine Mahlzeit zu erlegen oder zu verhindern, selbst zur Mahlzeit zu werden.

Man muss das Buch jedoch selektiv lesen, denn Lieberman ist Marathonläufer, und weil er barfuß rennt, trägt er den Spitznamen „barfüßiger Professor“. Er will die Menschen eigentlich davon überzeugen, ihren Urinstinkt zu überwinden. Mein Urinstinkt ist aber unüberwindbar. Ich muss schließlich keinen Truthahn jagen, und mich will auch niemand verspeisen.

Lange Nächte, kurze Röcke

Die Holztreppe sah nicht sehr vertrauenerweckend aus. Sie führte in den ersten Stock eines edwardianischen Gebäudes in Soho. Dort oben lag der Colony Club, einer jener legendären Trinkklubs der Londoner Boheme. Das Treppengeländer und die Wände waren krankenhausgrün gestrichen. Auf halber Treppe befand sich das Herrenklo, das fest in der Hand von Kakerlaken war. Ich wollte umdrehen, doch mein Freund und Kollege Uwe, der mich hierhergebracht hatte, trieb mich weiter.
Der Raum war höchstens 20 Quadratmeter groß. An den Wänden, die im selben Grünton wie die Treppe gehalten waren, hingen alte Fotos, vergilbte Plakate und eine Federboa. Uns schlug der Geruch von warmem Bier, Holzbohlen und abgestandenem Tabakrauch entgegen. Die Decke hing in der Mitte durch. Der Boden war in mehreren Lagen mit abgewetzten Teppichen bedeckt, auf denen höchstwahrscheinlich schon Muriel Belcher herumspaziert war. Sie hatte den Colony Club nach dem Zweiten Weltkrieg gegründet, um Londons Exzentrikern eine Heimat zu geben. Damals ging es nämlich in Soho sehr gesittet zu, die Pubs waren am Nachmittag geschlossen, und bizarres Benehmen auf der Straße wurde nicht geduldet. Muriel Belcher starb 1979, ihre Handtasche hing danach hinter dem Tresen – neben den Fotos der ehemaligen Stammgäste Francis Bacon, Lucian Freud, Joe Strummer von The Clash, Dylan

Thomas und Christine Keeler, deren Affäre mit Kriegsminister John Profumo 1963 fast die Tory-Regierung zu Fall gebracht hätte.
Nach Belchers Tod übernahm ihr Barkeeper Ian Board den Laden, ohne etwas daran zu verändern. Board war in ganz Soho wegen seiner riesigen, purpurroten Knollennase bekannt. Obwohl die Kneipen inzwischen nachmittags geöffnet und Exzentriker in Soho eher die Regel denn die Ausnahme waren, hatte der Colony Club noch lange überlebt – und nicht nur das: Neue Trinkklubs schossen im Zentrum Londons wie Pilze aus dem Boden. Gegenüber hatte Black's Club eröffnet, dessen Besitzer Tom Bantock aus dem benachbarten Groucho Club geworfen worden war, weil er ein anderes Clubmitglied angezündet hatte. Um die Ecke lag Green Street, dessen Gründer Orlando Campbell seine Zeit als Baby im Colony Club verbracht hatte, während sein Vater arbeiten ging. „Die Clubs sind deshalb so beliebt, weil die Leute dort ihresgleichen treffen“, meinte Uwe und fügte gehässig hinzu: „Andere Fossilien.“
Ian Board starb 1994. Im Tod soll seine Nase auf Normalgröße geschrumpft sein. Sein Nachfolger Michael Wojas sah aus, als wäre er geradewegs von einem Kinks-Konzert im Jahre 1966 in den Colony Club gekommen. Als er uns sah, machte er ein unglückliches Gesicht. Der Mann und die beiden Frauen am Tresen wendeten neugierig die Köpfe, sämtliche Gespräche verstummten. Uwe versuchte,

zwei Biere zu bestellen. „Nein, nein, nein“, rief der Barkeeper entsetzt, „das ist ein Privatclub.“ Und wie könne man Mitglied werden? „Gar nicht“, brummte er und zeigte zur grünen Tür. Unser Hinweis, dass Nicht-Mitglieder wie Prinzessin Margaret, William Burroughs, David Bowie und Henri Cartier-Bresson im Club geduldet worden waren, fruchtete ebenso wenig wie unser Vorschlag, für ein Bier auf Probezeit zu bleiben. „Hinaus!“ brüllte Wojas aufgebracht und machte eine Handbewegung, als ob er Kakerlaken verscheuchte. Unser Besuch im berühmten Colony Club war nach knapp anderthalb Minuten vorbei. Der englische Journalist Peter Hillmore hatte einmal geschrieben, dass dort jeder Mitglied werden könne – außer einem Nobody.

Wojas schloss den Club endgültig im Dezember 2008. Der Colony Club war nie ein typischer Gentlemen's Club, wie sie seit dem 17. Jahrhundert existieren und meist Männern aus der Oberschicht vorbehalten sind. Frauen sind in vielen Clubs nach wie vor bestenfalls Gäste oder Mitglieder zweiter Klasse. Aber die Pubs dürfen sie inzwischen betreten, sogar ohne männliche Begleitung.

Bis 1982 war das in Großbritannien nicht unbedingt möglich. Zwar war das Anti-Diskriminierungsgesetz 1975 verabschiedet worden, aber sonderlich wirksam war es nicht. Frauen durften zum Beispiel das El Vino, ein Wirtshaus in dem Zeitungsviertel Fleet Street, nur im Gefolge eines Mannes betreten. Sie

mussten aber an einem Tisch sitzen und geduldig warten, bis ihnen ihr Begleiter ein Getränk brachte.
Im Jahr 1982 kam es zum Eklat. Die Rechtsanwältin Tess Gill und die Journalistin Anna Coote lungerten eines Tages mit ihren Kollegen verbotenerweise an der Bar des El Vino herum, weshalb ihnen Hausverbot erteilt wurde. Der Wirt Frank Bower, der Männer nur hereinließ, wenn sie Anzug und Krawatte trugen, behauptete, das Tresenverbot sei im Sinne der Frauen, denn dadurch werde die Ritterlichkeit aufrechterhalten.
So ähnlich hatte Lord Denning, ein widerliches Exemplar eines Richters, gegen das Gleichberechtigungsgesetz gewettert: Es würde die Galanterie der Männer gegenüber Frauen auslöschen. Derselbe Klotzkopf sagte über die Birmingham Six, sechs Iren, die 17 Jahre unschuldig im Gefängnis saßen, man hätte sie gleich hängen sollen, denn dann hätte es keine Kampagne für ihre Freilassung gegeben. Denning starb 1999 viel zu spät im Alter von 100 Jahren.
Gill und Coote pfiffen auf Ritterlichkeit, zogen vor Gericht und gewannen. Lordrichter Griffiths, ein Stammkunde im El Vino, begründete das Urteil aber nicht mit der Gleichberechtigung der Geschlechter, sondern erklärte, das El Vino sei bei Journalisten beliebt, weil dort die Gerüchteküche brodelte. Dürften Reporterinnen nicht an den Tresen, würden sie das Gerücht des Tages verpassen und wären beruflich benachteiligt.

Am nächsten Tag war die Kneipe voll. Ein verzweifelter Barkeeper rief: „Jetzt sind mehr Frauen als Männer am Tresen, es herrscht Chaos!“ Die beiden Frauen, die ihren Sieg im El Vino feiern wollten, wurden jedoch erneut hinausgeworfen. Der damalige Geschäftsführer berief sich auf ein obskures Gesetz, das es Wirtsleuten erlaubt, „Störenfriede“ aus dem Laden zu verweisen. Er sagte, er würde alle Frauen bedienen, die „wirklich ein Getränk“ wollten, aber nicht jene, die „Ärger machen und eine feministische Agenda verfolgen“. Gill und Coote hätten jedenfalls lebenslanges Hausverbot, fügte er hinzu.

Das war jedoch nicht das letzte Wort. Die Zeitungsverlage sind längst aus der Fleet Street verschwunden, das El Vino aus dem Jahr 1879 gibt es immer noch. 2017, zum 35. Jahrestag des Gerichtsurteils, lud der neue Geschäftsführer Mark Fuller die beiden Frauen Gill und Coote als Ehrengäste ein. Champagner und belegte Schnittchen wurden serviert, der Erlös ging an die Fawcett Society, die sich für Frauenrechte einsetzt.

Die Irinnen hatten es früher besser – bis die Engländer die Insel kolonisierten. Im 7. Jahrhundert entstand in Irland ein keltisches Rechtssystem, die „Brehon Laws“, das in vieler Hinsicht fortschrittlicher war als das heutige System. Es basierte auf Geldstrafen. Polizei oder Gefängnisse gab es nicht, die Strafen wurden von der Gesellschaft durchgesetzt. Frauen durften dieselben Berufe wie Männer ergreifen – bis hin zur Königin. Auch in der Ehe waren sie

gleichberechtigt. Sie behielten ihr Eigentum, das sie mit in die Ehe gebracht hatten, sie konnten sich scheiden lassen, und Vergewaltigungen in der Ehe wurden bestraft.
Dann, im 12. Jahrhundert, fielen die Normannen von der Nachbarinsel in Irland ein und machten den keltischen Traditionen den Garaus. Das Haus gehörte nun dem Ehemann, er konnte es eigenmächtig verkaufen, und nur er konnte sich scheiden lassen. Als es den öffentlichen Dienst gab, verloren Frauen am Tag ihrer Hochzeit den Job, denn fortan gehörten sie an den Herd. Erst 1976 wurden die entsprechenden Gesetze geändert.
Einzig ein englisches Gesetz von 1872, das nur in Irland galt, war von Vorteil: Demnach musste jedes Wirtshaus nach dem Eigentümer benannt werden. Das ersparte den Iren dusselige Namen, wie sie in England üblich sind: The Drunken Duck, My Father's Moustache oder The Swan With Two Necks. Diese Pubs haben alle eins gemein: Sie sind mit Teppichen oder Teppichfliesen ausgelegt. Die Teppichfliese, so wusste mein Freund Harry Rowohlt, ist schuld daran, dass die Milbe überlebt hat.
In Wales wollte man dagegen ein Zeichen setzen. Die Stadtverwaltung des Seebads Porthcawl 40 Kilometer westlich der Hauptstadt Cardiff wollte öffentliche Toiletten errichten lassen, aber gleichzeitig „unangemessene sexuelle Aktivitäten" verhindern. Was sie unter „unangemessen" verstehen, verrieten sie nicht.

Jedenfalls wollte man High-Tech-Klos für 170.000 Pfund pro Stück aufstellen. Die verfügen im Fußboden über Sensoren, um das Gewicht des Klobesuchers festzustellen. Bei einem zu hohen Wert vermutet die Toilette zwei Besucher, die Unangemessenes vorhaben. Dann wird automatisch eine kalte Wasserdusche ausgelöst, um den Paarungswilligen das unangemessene Treiben zu vergällen. Außerdem ruft eine Alarmsirene den Parkwächter zwecks Moralpredigt herbei. Nasse Kleinkinder, die von einem Elternteil aufs Klo begleitet werden, haben ihrem Therapeuten später vermutlich einiges zu erzählen.
Die Toilette reagiert auch auf ungestüme Bewegungen mit einer Sirene und automatischer Türöffnung. Vorsicht also bei zu heftigem Niesen. Lange Sitzungen lässt die Toilette ebenso wenig zu. Wer die erlaubte Kackzeit überschreitet, sitzt im Dunkeln und in der Kälte, denn Licht und Heizung werden abgeschaltet.
Dass die Wände mit Anti-Graffiti-Farbe gestrichen sind, erscheint recht überflüssig. Wer hat in Anbetracht der strengen Toilette überhaupt die Muße, Wände zu bemalen? Nachts muss man besonders aufpassen, denn dann schließt die Toilette für zehn Minuten für eine gründliche automatische Reinigung. Wehe dem, der sich nicht rechtzeitig aus dem Staub gemacht hat.

Stadtrat Mike Clarke erklärte: „Der Neubau der öffentlichen Toiletten ist ein wichtiger Bestandteil unserer Ambition, dafür zu sorgen, dass Porthcawl ein großartiger Ort zum Leben, Arbeiten und Urlauben ist.“ Wer würde seine Ferien nicht gerne in einem Ort mit solch intelligenten Klos verbringen?
Die Bevölkerung der Kleinstadt war von den Plänen dagegen wenig begeistert. „Welcher Idiot hat beschlossen, einen Großteil des Haushalts für lusttötende Klos auszugeben“, fragte einer beim Stadtrat nach, „wenn in letzter Zeit überall sonst in Wales mehr als hundert öffentliche Toiletten geschlossen wurden, um Geld zu sparen?“
Die Stadtverordneten wollten mit dem törichten Plan am Ende nichts mehr zu tun haben. Nun erklärten sie, dass die Pläne „aus Versehen eingereicht“ worden seien. „Leider sind der Enthusiasmus und die Absichten der Stadtverwaltung falsch interpretiert worden“, hieß es in einer Presseerklärung. „Niemand hat die Absicht, eine Mauer mit Wasserdüsen zu bauen“, ulbrichte es. Man werde traditionelle Toiletten bauen. Wie schade. Es wäre doch mal etwas anderes, als die üblichen britischen Örtchen des Grauens mit ihren furchtbaren, versyphten Teppichen.
Neben den törichten Kneipennamen ist den Iren übrigens auch ein Automat, der Bier ausspuckt, erspart geblieben. So etwas kann nur in England funktionieren. Das Kreditkartenunternehmen Barclaycard hat

in Henry´s Bar in London eine solche Maschine versuchsweise installiert. Die Bedienung des Geräts ist so einfach, dass es auch nach dem sechsten Glas Plörre noch klappt. Man wählt auf dem interaktiven Bildschirm das Produkt, hält seine Kreditkarte an das Lesegerät im Sockel und stellt das Glas unter den Hahn. Dann fließt die Brühe.
Der gesamte Vorgang dauert 60 Sekunden. Am besten funktioniert es mit Ale, weil es noch dünner und schaumloser ist als das helle Lagerbier, auch als Hühnerpisse bekannt. Das Bier wird vermutlich vorgewärmt, damit es den englischen Trinkgewohnheiten entspricht. „Jeder stand im Wirtshaus mal hinter einer Person, die einen komplizierten Cocktail oder eine Runde für zehn Freunde bestellt hat“, meinte Tami Hargreaves, Direktorin von Barclaycard. „Wir wollten mit einer einfachen Methode helfen, dieses verbreitete Problem zu lösen.“ Es sei eine „Win-Win-Situation“ für Wirt und Trinker.
Wozu braucht man aber überhaupt noch einen Wirt? Man könnte doch auch Automaten für Wein und andere Getränke anbringen und Pappbecher bereitstellen, was für englisches Ale ohnehin stilechter wäre. Da das Rauchen in Kneipen verboten ist, könnte man die Automaten auch draußen anbringen. Oder auf der Toilette. Dann spart man sich nach Konsum des Dünnbiers das Hin- und Herlaufen.
Doch zurück zu Frauen in Pubs: Zwar war es irischen Frauen schon in den sechziger Jahren nicht mehr verboten, Kneipen zu betreten, aber der Wirt

durfte ihnen den Zugang verwehren. Und viele Wirte taten das auch. Ein Kneipier in Waterford hatte das Verbot bis zu seinem Tod 2003 aufrechterhalten. Seine Begründung: „Schwache Frauen, starke Getränke, lange Nächte und kurze Röcke sind eine schlechte Kombination."

Leichen hatten es einfacher: Sie mussten ins nächste Wirtshaus geschafft und vorübergehend im kühlen Bierkeller gelagert werden, damit sie nicht so schnell verwesten. Das Gesetz wurde erst 1962 aufgehoben. Noch später, nämlich 2002, trat ein Gesetz in Kraft, wonach Frauen der Zutritt zu Pubs nicht mehr verwehrt werden durfte. Aber man durfte ihnen ein Pint – ein großes Bier – verweigern, weil das „unweiblich" war.

Gegen diese Praxis nahm meine Schwägerin den Kampf auf. Sie ging mit zehn Leuten in die verschiedenen frauenfeindlichen Pubs, bestellte zehn Irish Coffee, und nachdem die zubereitet waren, bestellte sie für sich selbst ein Pint Guinness. Die Wirte bedauerten: Frauen bekämen keine Pints. Das sei aber schade, meinte die Schwägerin und verließ mit ihren zehn Freunden die Läden. Die Wirte blieben mit den Heißgetränken zurück und gaben alsbald den Widerstand gegen Pints für Frauen auf.

Mit der offiziellen Toleranz gegenüber Alkohol am Steuer ist es auch längst vorbei. Die Polizei lauert den Autofahrern neuerdings morgens auf, um den Restalkohol zu messen. Ein Bekannter erzählte, dass sein Cousin und dessen Frau in einem Pub im

Westen der Insel waren. Da beide am Ende schwer getankt hatten, ließen sie das Auto stehen und riefen ein Taxi für den Nachhauseweg. So weit, so vorbildlich. Sonntagvormittag fuhren sie mit dem Zweitwagen erst zur Messe und anschließend zum Pub, um das andere Auto abzuholen.

Der Cousin fuhr voraus und geriet in eine Polizeikontrolle – der Führerschein war futsch. Kurz darauf nahm dieselbe Polizeistreife auch seiner Frau wegen Restalkohol den Führerschein weg. Jetzt sitzen die beiden auf ihrem abgelegenen Bauernhof fest und betrinken sich zu Hause.

Der irische Fernsehsender Raidió Teilifís Éireann (RTÉ) wollte genauer wissen, was es mit dem Restalkohol auf sich hat. Dazu machte man ein Experiment und lud vier Testpersonen in ein Wirtshaus ein. Thomas, Angie und Mandy seien „moderate Trinker", hieß es, Ciaran sei Englischlehrer. Was sagt das über seine Trinkgewohnheiten? Jedenfalls fingen alle bei Null an, kippten sich aber recht zügig diverse Getränke hinter die Binde.

Ein Dr. Paul Carrol, der sich zum Beweis seiner fachlichen Qualifikation ein Stethoskop um den Hals gehängt hatte, erklärte, wie Alkohol funktioniert – als ob die Iren das nicht wüssten. Am Ende des Tests hatten die Probanden jeweils zehn Einheiten Alkohol zu sich genommen und fuhren mit einem Taxi ins Hotel. Zehn Stunden später wurde der Blutalkoholspiegel gemessen. Die beiden Frauen waren inzwischen fahrtüchtig, die beiden Männer jedoch nicht.

Schließlich gaben sie zu, dass sie am Abend zuvor an der Hotelbar weitergebechert hatten. Somit war das ohnehin fragwürdige Experiment endgültig hinfällig, aber da man es nun mal gedreht hatte, wurde es auch gesendet.
Um der Sache doch noch einen halbwegs seriösen Anstrich zu geben, hatte RTÉ einen Professor mit schief sitzender Krawatte ins Studio eingeladen. Denis Cusack vom Büro für Verkehrssicherheit erklärte den verblüfften Zuschauern, sie sollten sich merken, wieviel sie getrunken haben. Wer am nächsten Tag verkatert sei, solle das Auto lieber stehen lassen.
In den achtziger Jahren war das noch anders. In der Fernsehsendung „Garda Patrol“, ähnlich wie „Der siebte Sinn“, in der Polizisten der autofahrenden Bevölkerung Ratschläge erteilten, sagte ein Beamter mit schütterem Haar, Schnauzbart und besorgter Miene: „Wenn du das Auto dabei hast, bestell dir nicht das fünfte oder sechste große Bier. Falls du nicht mehr weißt, wieviel du getrunken hast, nimm nur noch zwei Bier zu dir und hör dann auf.“
Noch viel früher war das Leben in Irland offenbar eine endlose feuchtfröhliche Party. Im 16. Jahrhundert tranken Männer, Frauen und Kinder gemeinsam Unmengen Bier, es war neben Brot das wichtigste Nahrungsmittel. Das behauptet jedenfalls Susan Flavin, eine Dozentin für Geschichte an der Anglia Ruskin University in Cambridge.

Die *Times*, vor fast genauso langer Zeit eine ernstzunehmende Tageszeitung, griff die Untersuchung begierig auf, weil sie die englischen Vorurteile über die trunksüchtigen Nachbarn zu bestätigen schien. In einem Zeitungsartikel erklärte Flavin, dass jedem Arbeiter in einem Steinbruch bei Dublin im Winter täglich 14 Pints Bier zugeteilt wurden. Das sind fast acht Liter. Welcher Steinmetz kann nach einer solchen Menge noch das Stemmeisen halten?
Am Ende des Arbeitstages kamen die Frauen und Kinder der Arbeiter in den Steinbruch, und es wurde weiter gesoffen. „Die Vorstellung, dass Frauen damals kaum aus dem Haus kamen, trifft auf Dublin nicht zu", sagt Flavin. Es habe sogar Besäufnisse nur für Frauen gegeben. Das gehe aus den Akten aus dem Jahr 1565 hervor. Dort stehe auch, dass die Angestellten im Dublin Castle, wo die englischen Besatzer residierten, 264.000 Pints im Jahr tranken, also knapp 150.000 Liter oder acht Pints pro Person und Tag.
Das schaffen manche Leute, die man eigentlich lieber nicht kennen möchte, auch heutzutage noch spielend. Dave und Kate zum Beispiel. Beide sind Ende sechzig und seit fast 50 Jahren durch ein gemeinsames Hobby untrennbar verbunden – die Liebe zum Alkohol.
Dave interessiert sich nur dann für Politik, sofern sie Einfluss auf sein Hobby hat. Er mag die Regierung nicht. Dafür gäbe es viele Gründe, aber für Dave

zählt nur einer: Die Regierung ist auf die Idee verfallen, Mindestpreise für alkoholhaltige Getränke einzuführen. „Damit sollen angeblich die Kosten für Alkoholkrankheiten gesenkt werden“, tobt Dave. „Die tun so, als ob Alkoholismus ein Problem der Unterschicht wäre. Die reichen Säcke lachen sich doch tot und betrinken sich weiterhin mit Châteauneuf-du-Pape für dreißig Euro die Flasche.“
Damit hat er recht, aber wie immer ist ihm rechtzeitig ein Ausweg eingefallen. „Im Winter kostet die Fähre nach Frankreich hundert Euro pro Strecke für ein Auto und zwei Passagiere“, sagt er. „Jeder darf 120 Flaschen mitnehmen. Wenn der Wein fünf Euro billiger als in Irland ist, hast du tausend Euro gespart.“ Wenn man außerdem ein paar Flaschen Schnaps mitnehme, lohne sich die Sache erst recht. „Nächstes Jahr werde ich 70“, sagt Dave. „Da kann ich doppelt so viele Flaschen einkaufen und behaupten, sie seien für mein Geburtstagsfest. Da sind die Zöllner machtlos.“ Im darauffolgenden Jahr wird Kate 70. Der flüssige Nachschub ist also vorerst gesichert.
Das Stammlokal der beiden Hobbytrinker ist das Brazen Head, Dublins älteste Kneipe am Südufer der Liffey. Hier stoßen allerdings drei Polizeibezirke aneinander, so dass die Chance einer Alkoholkontrolle drei Mal so hoch ist wie auf der anderen Seite der Brücke, wo es nur einen Bezirk gibt. Deshalb parken Dave und Kate auf der Nordseite.

Einmal musste ich mit in die Kneipe. Zum Zapfenstreich waren beide voll wie die Nattern. Bevor sie ins Auto einstiegen, nahm Kate Reinigungstücher aus ihrer Handtasche und schminkte sich unter einer Laterne mit Hilfe eines Taschenspiegels ab. Dann machte sie sich die Fingernägel mit Nagellackentferner sauber. Ob sie zu Hause Stromausfall haben, fragte ich, doch Kate ignorierte mich.
Stattdessen öffnete sie den Kofferraum, nahm einen Bademantel heraus und zog ihn an. Zu guter Letzt drehte sie sich Lockenwickler in die Haare und band ein Kopftuch um. Jetzt sah sie aus, als sei sie gerade aus dem Bett gekrochen.
Das sei ja auch Sinn der Sache, erklärte Dave. „Wenn uns jetzt eine Polizeistreife anhält, denkt der Beamte, dass die arme Frau aufstehen musste, um ihren besoffenen Mann aus der Kneipe abzuholen", sagte er. „Kein Polizist käme auf die Idee, sie ins Röhrchen blasen zu lassen, wir werden immer durchgewunken."
Das funktioniere inzwischen auch am Karfreitag, meinte Dave. Seit 2021 dürfen die Pubs an diesem Tag öffnen. Damit geht eine Nationalsportart verloren, bei der die Iren unschlagbar waren. Bis dahin hatten Menschen wie Kate und Dave es nämlich stets geschafft, am Karfreitag trotz versiegter Zapfhähne an Alkohol zu gelangen.
Dazu mussten sie sich monatelang durch regelmäßige Gelage das Vertrauen des Gastwirts verdienen, so dass er ihnen das geheime Klopfzeichen für die

Hintertür verriet. Um bei einer Polizeikontrolle nicht verhaftet zu werden, nahm man am besten Pinsel und Farbe mit. Kam ein Ordnungshüter vorbei, konnte man glaubhaft versichern, dass der Wirt einen angeheuert hatte, um am Feiertag die Wände zu streichen. Oft hatte der Polizist allerdings dasselbe Anliegen wie der illegale Trinker.

Wer keinem Wirt das Klopfzeichen entlocken konnte, war auf semi-legale Tricks angewiesen. Reisenden durfte zum Beispiel kein Getränk verwehrt werden. So kauften sich Durstige eine Fahrkarte nach Irgendwo, die sie in der Bahnhofsgaststätte vorzeigten – das Ticket ins Delirium. Die Kneipen in irischen Bahnhöfen waren am Karfreitag gut gefüllt.

Eine andere Möglichkeit, am Karfreitag legal an ein alkoholhaltiges Getränk zu kommen, war eine warme Mahlzeit im Restaurant. Dazu durfte man nämlich ein Fläschchen Wein bestellen. Auch auf der Hunderennbahn wurde am Karfreitag Alkohol ausgeschenkt. An keinem anderen Tag im Jahr waren die Stadien mit so vielen Menschen gefüllt, die sich so wenig für die Köter interessierten.

Wenn alle Stricke rissen, konnte man sich wenigstens zu Hause zuballern. Am Gründonnerstag, oder dem „heiligen Donnerstag“, wie er in Irland heißt, waren die lizensierten Schnapsläden stets überfüllt, weil sich die Bevölkerung für den Karfreitag wappnen musste.

Aus und vorbei. David Stanton, der Staatssekretär im Justizministerium, sagte, die Einschränkung aus

Religionsgründen sei „nicht mehr zeitgemäß, weil sich das ökonomische und soziale Leben in den vergangenen zwei Jahrzehnten dramatisch verändert“ habe.
Der Irish Pub hingegen hat sich – jedenfalls im Ausland – nicht verändert. Er fehlt in fast keiner Großstadt der Welt, selbst in Peking gibt es Durty Nellie‘s Beijing Irish Bar. Die Irish Pub Company verkauft seit 1979 Bausätze für einen „authentischen irischen Pub“, und deshalb sehen viele dieser Kneipen nicht authentisch, sondern identisch aus. Auch die angebotenen Mahlzeiten unterscheiden sich nicht: Toasted Cheese Sandwiches, Toasted Ham Sandwiches, Toasted Cheese And Ham Sandwiches. Und Pommes frites.
Aber es gibt Iren, die dem Ruf einer trunksüchtigen Nation etwas entgegensetzen wollen. The Virgin Mary hat eine Filiale in Abu Dhabi eröffnet. Das Stammhaus in Dublin, das in einem ehemaligen Möbelladen untergebracht ist, sieht von außen aus wie ein katholischer Buchladen. Es ist aber ein kastrierter Pub. Es wird nämlich kein Alkohol ausgeschenkt. Für gottesfürchtige Trinker ist das also eine doppelte No-go-Area.
Das Etablissement ist aber nicht blasphemisch nach der Gottesmutter benannt, sondern nach dem berühmtesten alkoholfreien Cocktail der Welt. Er besteht, wie seine potente Schwester Bloody Mary, aus Tomatensaft, Worcestershire Sauce, Knoblauch, Pfeffer Salz, Zitronensaft, allerlei Gewürzen und

Kräutern sowie einem Selleriestäbchen als Dekoration. Statt des Wodkas bei der blutigen Maria gibt es bei der Jungfrau eine Extraportion Tomatensaft.
Die Muslime kennen die beiden Maria-Varianten nicht, so vermutet Vaughan Yates, der Eigentümer der Jungfrau. Damit sie nicht argwöhnen, der Pub sei eine Zweigstelle der katholischen Kirche, heißt das Wirtshaus in Abu Dhabi abgekürzt TVM. Der Tarnname könnte theoretisch auch „The Veiled Muslim“, also „die verschleierte Muslima, bedeuten.
Billiger sind die Getränke bei der Virgin Mary aber nicht, obwohl die exorbitanten Alkoholsteuern wegfallen. So zahlt man für einen „Cocktail“, also einen Mehrfruchtsaft, 8,50 Euro, und eine Flasche entschärfter Riesling, also ein veredelter Traubensaft, kostet 20 Euro. Der Kaffee wird gekühlt in ein Glas gezapft und mit einem Sahnehäubchen versehen, damit er aussieht wie ein Guinness.
„Manche Menschen wollen keinen Alkohol trinken“, sagt Yates, „sei es aus religiösen Gründen, oder weil sie schwanger sind. Aber sie wollen trotzdem ausgehen und sich amüsieren.“ Man sollte ihm verraten, dass man in den traditionellen irischen Kneipen entgegen landläufiger Meinung keineswegs gezwungen wird, Alkohol zu trinken.
Ich war allerdings lange nicht im Pub gewesen. Freunde hatten mir eine Wagenladung Pfälzer Weißwein aus Deutschland mitgebracht. Wozu also ins Wirtshaus gehen? Aber dann kam Besuch aus

Übersee, und der wollte die Dubliner Kneipenkultur kennenlernen.
Was war seit meiner letzten Kneipenbekriechung geschehen? Paula, der US-Besuch, wollte einen Gin und Tonic, was eine recht übersichtliche Bestellung schien. Weit gefehlt. Der Barkeeper fragte: „Welchen Gin?“ Paula zögerte einen Augenblick und machte dann einen Fehler: „Irgendeinen. Die sind doch alle ähnlich – Schnäpse mit Wacholdergeschmack eben.“
Der Barkeeper machte ein Gesicht, als ob man ihm hinterrücks einen nassen Lappen über den Kopf gezogen hätte. Er fing sich aber im nächsten Augenblick und fragte, ob sie eventuell bemerkt habe, dass der Laden „Gin Palace“ hieß. „Wir haben die größte Gin-Sammlung Irlands, 156 Sorten“, blaffte er, „welche darf ich servieren?“ Paula machte den zweiten Fehler: „Nummer 18, das nehme ich auch immer beim Chinesen.“ Diesmal reagierte der Barkeeper erstaunlich gelassen.
Als die Rechnung kam, war der Grund dafür klar: Nummer 18 war der sündhaft teure Beara Pink Ocean Gin, ein rosafarbenes Getränk, das mit Meerwasser von der Beara-Halbinsel im Südwesten Irlands versetzt war. Dazu gab es das Llanllyr Source Tonic Water, das seit 1180 in einem walisischen Gletschertal handgeschöpft wird. In Anbetracht des Preises muss es jemand in einem Ruderboot nach Irland gebracht haben.

Dafür wurde das Mixgetränk aber mit Gemüse, rosa Pfeffer und einem Sträußchen Minze in einem Goldfischglas serviert. Paula zog angewidert die Gurkenstreifen aus dem Glas. Tagsüber kann man sich den Gin auch in einer Teekanne servieren lassen, damit man sich vor den anderen Gästen nicht als Säufer outet.

Früher, als es nur Gordon's Gin und Schweppes Tonic gab, galt das als Omagetränk. Heutzutage trinken es Teenager. Offenbar funktioniert die Werbung in den sozialen Medien tadellos. Die jungen Leute haben auch andere Cocktails entdeckt.

Colm, der Sohn von Freunden aus Belfast, hatte sich bei uns angekündigt. Er würde Yvonne, seine neue Freundin, mitbringen, sagte er. Die beiden sind Anfang 20 und hatten sich drei Wochen zuvor auf Tinder kennengelernt. Colm war noch in der Frühphase, in der man Eindruck schinden möchte. Er hatte einen Slow Cooker, einen Espressokocher und eine Pasta-Maschine mitgebracht. Den Rest des Autos hatte er mit Alkohol und Cocktail-Zubehör vollgestopft.

Während Yvonne in der Sonne saß und Bücher für ihre Doktorarbeit las, schubberte Colm in der Küche. Er hatte mittags das Ragù alla Bolognese aufgesetzt, dass fünf Stunden vor sich hin köchelte. Nun machte er sich an die Produktion der Tagliatelle, wusch den Salat, widmete sich dem italienischen Dressing und rieb den Parmesan, den er aus Lodi in der Lombar-

dei importiert hatte, weil Casanova in seinen Memoiren behauptet hat, dass dieser Käse nicht in Parma, sondern eben in Lodi erfunden worden sei.
Zwischendurch mixte er schnell einen Huckleberry Mojito, einen Cocktail aus Rum, Limette, Rohrzuckersirup und Minze. Aber das Eis fehlte ihm, weil im Auto kein Gefrierschrank installiert war. Das war mein Glück, denn ich konnte aushelfen und durfte zur Belohnung mittrinken.
Das inspirierte mich. Schließlich hatte ich früher selbst Cocktails gemixt. Das Zubehör – Shaker, Rührglas und Messbecher – lag in einer Kiste auf dem Dachboden. Jetzt brauchte ich bloß noch die Zutaten. Leider habe ich manchmal einen Hang zum Übertreiben, aber darüber soll der gnädige Mantel des Schweigens bereitet werden. Nur so viel: Ich könnte ein Jahr lang täglich Cocktails zubereiten, ohne etwas nachkaufen zu müssen.
Colm erzählte später, wie er Yvonne kennengelernt hatte. „Wir hatten uns auf Tinder in einem Café verabredet“, sagte er. „Die erste halbe Stunde versicherten wir uns gegenseitig, dass wir Tinder nur zum Spaß ausprobiert haben und jederzeit Menschen im echten Leben treffen könnten.“
Fast wäre es aber doch noch schiefgegangen. Colm fragte beim dritten Treffen, ob Yvonne sich vorstellen könnte, eine Beziehung mit ihm einzugehen. In Irland heißt das „to do a line“ mit jemandem. Unglücklicherweise bedeutet es aber auch koksen. Nach-

dem geklärt war, dass sie außer Alkohol keine Drogen nehmen und auch sonst keine ungewöhnlichen Vorlieben haben, beschlossen sie, gemeinsam Urlaub zu machen – bei uns.

Nach zwei Wochen reisten sie wieder ab, was misslich war. Mir fiel nämlich ein, warum ich das Cocktail-Zubehör damals auf den Dachboden verbannt hatte: In meiner Bekanntschaft trinkt niemand Cocktails. Jetzt sitze ich auf den Zutaten. Whiskey, Rum, Gin und Cognac „verdunsten" mit der Zeit. Was aber mache ich mit den Unmengen Sirup und Likör? Ich werde ein Kind und eine Oma adoptieren müssen.

Dabei sind die Iren eigentlich Weltmeister im Teetrinken, weil hinter der Fassade der Gemütlichkeit eine gnadenlose Zwangsabfüllung mit dem Heißgetränk steckt. Geht man zum Beispiel kurz zum Nachbarn, um ein Päckchen abzugeben, das man für ihn vom Postboten angenommen hat, ist eine Tasse Tee fällig. Man kann versuchen, sie dankend abzulehnen, doch dann beginnt ein Kräftemessen der Willensstärke. Am Ende sind beide erschöpft, und man hat trotzdem die Tasse in der Hand.

Als ich nach Irland zog, kannte ich das Ritual nicht. Ich bot Besuchern zwar stets Tee an, aber wenn sie ablehnten, war die Sache für mich erledigt. Erst viel später gestand mir ein Kollege, mit dem ich inzwischen befreundet war, dass er damals liebend gerne Tee getrunken hätte, aber die Regel besagt nun mal, dass man das Angebot zunächst zwei Mal ablehnen müsse. Erst beim dritten Mal darf man es annehmen.

Wenn man mit Freunden im Café ein Tässchen zu sich nimmt, geht am Ende unweigerlich der Streit los, wer bezahlen darf. Es kommt dabei zu regelrechten Rangeleien um die Rechnung. Sehr realistisch wurde das in der Fernsehserie „Father Ted" dargestellt, als Mrs. Doyle, die Haushälterin von drei Priestern, sich mit einer Freundin um die Rechnung balgt, bis beide zu Boden gehen und auf dem Polizeirevier landen. „Vielleicht kommen wir mit einer Geldstrafe davon", meint die eine, worauf die andere insistiert, die mögliche Strafe zu zahlen. Und schon gehen die Handgreiflichkeiten von vorne los.

Der Dubliner Schriftsteller Brendan Behan hingegen machte sich nichts aus Tee. Er sagte einmal, dass er nur aus zwei Gründen Alkohol trinke: „Wenn ich Durst habe, und wenn ich keinen Durst habe." Behan ist allerdings im Alter von 41 Jahren in der Harbour Lights Bar in Dublin tot umgefallen.

Ich hatte meinen ersten Vollrausch erst im Alter von 17 Jahren. Ich wohnte damals noch bei meinen Eltern. Eines Abends ging ich mit zwei Klassenkameraden zu Leydicke in der Berliner Mansteinstraße. Die Kneipe, 1877 gegründet, war legendär, die Wirtin Lucie Leydicke, damals 73 Jahre alt, war gefürchtet. Sie starb 1980. Dieter Hildebrandt schrieb in seinem Nachruf, das schönste an ihr sei die „Schutzimpfung" gewesen: „Ob eine neue Ehe, ein neues Haus, ein neues Geschäft zu wagen war: Sie redete ihr Wörtchen mit."

Ich hatte miterlebt, wie Lucie einen Gast zur Schnecke gemacht hatte, weil der ein Mineralwasser bestellen wollte. Deshalb traute ich mich nicht, meine übliche Apfelsaftbestellung aufzugeben. Stattdessen nahm ich einen Stachelbeerwein, das war ja auch eine Art Fruchtsaftgetränk. Die Flasche, die wir uns teilten, kostete fünf Mark. Danach probierten wir Kirschwein, bevor wir zum Erdbeerwein übergingen. Wie ich nach Hause gekommen bin, weiß ich nicht mehr. Gegen zwei Uhr nachts klopfte es an meinem Fenster. Ich wurde kurz wach, schaute zum Fenster, sah meinen Vater, drehte mich um – und schlief weiter. Was für ein lächerlicher Obstweintraum. Schließlich wohnten wir im ersten Stock, und falls mein Vater nicht plötzlich erheblich gewachsen war, was unwahrscheinlich schien, konnte er nicht zum Fenster hereinschauen. Doch das Klopfen wurde dringlicher. Schließlich stand ich auf und ging zum Fenster.

Mein Vater stand auf einer Leiter. Unten auf der Straße war die halbe Nachbarschaft versammelt. Vor meinem Fenster hing ein Holzbügel an einer Schnur. Die Nachbarn von oben hatten den Bügel gegen das Glas schlagen lassen, um mich zu wecken, waren aber gescheitert, so dass jemand eine Leiter aus dem Keller besorgte.

Auf der Straße standen nicht nur die anderen Nachbarn, die das Drama live mitverfolgen wollten, sondern auch die Freunde meiner Eltern, bei denen sie den Abend verbracht hatten. Die machten sich Sorgen, weil sie sich telefonisch erkundigen wollten, ob

meine Eltern gut nach Hause gekommen waren. Als sie niemanden erreichten, fuhren sie ihnen nach.
In der Annahme, dass meine Eltern bereits schliefen, hatte ich die Tür von innen abgeschlossen und den Schlüssel stecken lassen. Nachdem ich schließlich be- und schlaftrunken geöffnet hatte, erklärte ich meinen verblüfften Erziehungsberechtigten, dass sie im Bett lagen, als ich nach Hause gekommen war. „Später seid ihr wieder aufgestanden und weggegangen, aber ihr habt vorher die Tür abgeschlossen und den Schlüssel innen stecken lassen“, rechtfertigte ich mich.
Meine Mutter war sehr erbost und wollte mit mir über die Logik meiner Erläuterungen diskutieren, aber mein Vater winkte ab. Er schien sogar ganz zufrieden, weil dies eine Mal nicht sein Alkoholkonsum im Zentrum der Kritik stand, sondern meiner.

♫ 'N ABEND!
'N ABEND!
RAUCHT DER EIGENTLICH INZWISCHEN WIEDER? DER WIRKT SO ENTSPANNT.
NEE, DER IST JETZT BEI SO EINER ATMEN-GRUPPE. „ATMEN UND ATMEN LASSEN". MUSS WAS ESOTERISCHES SEIN. ER SPRICHT NICHT GERNE DARÜBER.
NA, WENN'S HILFT.
SO, JETZT RAUCHEN WIR ERST-MAL EINE UND LASSEN DEN BORDEAUX EIN BISSCHEN ATMEN ...

Der Blumenkohl, das höhere Wesen

Der Abend würde furchtbar, das war schnell klar. Wir hatten ein kleines italienisches Restaurant in der Dubliner Innenstadt entdeckt, und dort hatten wir uns mit Caroline und Hugh verabredet. Kaum hatten wir Platz genommen, da eröffneten uns die beiden, dass sie sich seit kurzem vegan ernährten. Ich heulte innerlich auf.

„Aber ihr seid doch erst vor gar nicht langer Zeit Vegetarier geworden“, wandte ich ein. „Reicht das denn nicht?“ Ich habe nichts gegen Vegetarier, mein Sohn ist selbst einer. Ich hätte auch nichts gegen Veganer, würden sie die Sache diskret behandeln. Aber das tun sie nicht. Sie müssen es der ganzen Welt erzählen, und sie wollen bekehren. Veganismus ist ein Kult reicher Mittelschichtskinder.

„Fünfundsiebzig Prozent der Weltbevölkerung vertragen Laktose nicht“, sagte Caroline mit dem für Veganer typischen Ton des moralisch Überlegenen. Ich gehöre zu den anderen 25 Prozent, entgegnete ich und bestellte einen Milkshake. Caroline, die ebenfalls nicht unter Laktose-Intoleranz leidet, fragte nach Mandelmilch. Gab es nicht.

„Vier Fünftel der Mandeln kommen aus Kalifornien“, sagte ich, „und sie saufen das Grundwasser leer, dass sich dort über Jahrtausende angesammelt hat. Trink lieber Wein.“ Das kam nicht in Frage, weil das

Restaurant keinen veganen Wein führte. Normalerweise wird nämlich tierisches Eiweiß oder Fischgelatine bei der Filtration eingesetzt.
Ich bestellte mir ein Lachscarpaccio als Vorspeise, Caroline und Hugh nahmen Avocado auf Toast. Mein Lachs stamme aus Wicklow südlich von Dublin, die Avocados kommen aus Mexiko, wo der Anbau wegen Kahlschlag und Bodenerosion verheerende Schäden anrichtet, sagte ich und stellte erschreckt fest, dass ich genauso selbstgerecht wie die beiden Veganer klang. Ist so etwas ansteckend?
Als Hauptgericht orderte ich Spaghetti Bolognese. Ob es die auch mit Quorn gebe, fragte Hugh den Chef Luigi. Der wurde blass und bot Hugh an, im Garten zu grasen. Quorn sei zusammengefegter Dreck, rief er. Es sei ein typisch britisches Produkt: künstlich, vollgestopft mit Zusatzstoffen und mit Hi-Tech-Methoden aufgehübscht.
Die Briten ernähren sich am schlechtesten in Europa, so hat eine wissenschaftliche Untersuchung ergeben. Mehr als die Hälfte aller verkauften Lebensmittel im Vereinigten Königreich sind industriell verarbeitet. Die Iren, die den Briten in vielen Dingen nacheifern, stehen nicht viel besser da.
Natürlich hatte Luigi auch kein Vegenaise für die Pommes frites. Das ist eine eifreie Mayonnaise, ohne die Gwyneth Paltrow nach eigener Aussage nicht leben könne. Die Hollywood-Schauspielerin hat sich zur Wellness-Expertin ernannt und erteilt ihre törichten Ratschläge auf ihrer Webseite – zum

Beispiel soll frau sich wegen des Hormonhaushalts ein Jade-Ei in die Vagina stopfen. Ein solches Ei sei garantiert vegan, sagte ich, woraufhin Caroline und Hugh aufsprangen, mich wegen meiner Zuchtlachsvorspeise als Umweltsau beschimpften und mir dann die Freundschaft aufkündigten.
Okay, beim Lachs haben sie recht. Es gibt viele Gründe, eine Lachsfarm zu verbieten, vor allem den Schutz der Umwelt und der Meereslebewesen. Ein recht ungewöhnlicher Einspruch hingegen verhinderte eine solche Farm vor der Küste der schottischen Insel Skye. Eine Gruppe namens „Friends of the Eilean Fhlodaigearraidh Faeries“ – die Freunde der Flodigarry-Feen – erklärte, eine Fischfarm gefährde die „Ashrai“.
Das sind Meeresfeen, die Nixen ähneln. Sie leben angeblich bereits seit tausend Jahren vor Skye, und einmal in jedem Jahrhundert kommen sie an die Oberfläche, um im Mondlicht zu baden und dadurch zu wachsen. Lachskäfige wären für sie lebensgefährlich, denn sie würden zur falschen Zeit auftauchen und umgehend schmelzen.
Die Wassergeister, die „Blue Men of the Minch“, sowie die „Broobries“ – das sind Wasservögel – seien ebenfalls bedroht, genauso wie die Robben, die in Wirklichkeit „Roanes“ seien, also Wassermänner mit Fischschwanz. Zu guter Letzt kämen auch die Betreiber der Farmen nicht ungeschoren davon, denn die Feen würden sie mit Versprechungen von Gold und Juwelen zum tiefsten Punkt des Ozeans locken.

Die Feenfreunde erwähnten in ihrem Schreiben auch Dunvegan, ein „magisches Wahrzeichen“ von Skye mit einem Feenturm aus dem 14. Jahrhundert, der sogar von Königin Elisabeth II. besucht wurde. Ein „Dun“ ist ein Fort. Ist Dunvegan also ein Veganer-Fort?
Apropos „vegan“: Die Schotten kümmern sich nicht nur um Feen, sondern auch um andere eigenartige Spezies. So hat die große schottische Freimaurerloge vor kurzem beschlossen, Veganer als Mitglieder zuzulassen, Caroline und Hugh hätten ihre helle Freude, würden sie denn in Schottland leben. Das Symbol dieses Männerbundes ist seit 280 Jahren das Lamm, weil es Reinheit und Unschuld symbolisiere. Deshalb haben die Freimaurer, zu denen auch der Nationaldichter Robert Burns und der Sherlock-Holmes-Erfinder Arthur Conan Doyle gehörten, bei den Ritualen stets Schürzen aus Lammfell getragen. Ab sofort kommen aber Schürzen aus Lambine zum Einsatz, einem Lammfell-Imitat aus weichem Plastik. Samantha Calvert, die Sprecherin der Veganer-Gesellschaft, sagte: „Das entspricht dem Gleichheitsgesetz.“ Das legt fest, dass Menschen mit staatlich geschütztem Glauben – wie Veganer – nicht wegen ihres Glaubens diskriminiert werden dürfen.
Veganer sind demnach eine Sekte. Der Großmeister der schottischen Loge, Charles Iain Robert Wolrige Gordon of Esslemont, sagte, dass „jeder in der Loge willkommen ist, solange er an ein höheres Wesen“ glaube. An einen Blumenkohl zum Beispiel?

Nicht alle sind über den Einzug der Veganer in die Logen glücklich. Gordon Kilgour, ein Logenmitglied aus Glasgow, sorgt sich um die traditionelle Ansprache an die Schürze. „Du wirst beachten, dass du aus der Haut eines Lamms gemacht bist“, heißt es bisher. Künftig müsse das wohl lauten: „Dir wird auffallen, dass du aus Vinyl bestehst.“ Die spinnen, die Schotten.

Ich selbst bin übrigens vor einiger Zeit in den Verdacht geraten, Freimaurer zu sein – und zwar nicht irgendeiner, sondern der Nationalgroßmeister der Großen National-Mutterloge „Zu den drei Weltkugeln“. Der heißt nämlich ebenfalls Ralf Sotscheck, ist mit mir aber weder verwandt noch verschwägert. Ich besitze auch keine Schürze, schon gar keine aus Lammfell.

Und zum Veganer, wie Caroline und Hugh, werde ich auch nicht. Allerdings sollte ich vielleicht etwas mehr Gemüse und Obst essen. Doch gerade hatte ich mich dazu durchgerungen, genauer auf die empfohlenen fünf Portionen am Tag zu achten, da kam die Nachricht, dass man zehn Portionen essen muss, um unsterblich zu werden. Laut der Studie vom Londoner Imperial College würden Herzkrankheiten um 24, Schlaganfälle um 33 und Krebs um 13 Prozent reduziert.

Als die Studie veröffentlicht wurde, genehmigte ich mir auf den Schrecken eine doppelte Portion Fish and Chips und verschwendete keinen Gedanken mehr an Obst und Gemüse. Monate später fielen mir

die ersten Erfahrungsberichte von freiwilligen Versuchskaninchen in die Hände.
Es ist deprimierend. Eine Testperson trat Weight Watchers bei und isst seitdem 15 Portionen Obst und Gemüse am Tag, die andere kaufte sich eine Smoothie-Maschine und trinkt seitdem Unmengen Gemüsematsch, ein dritter ist in ein Gewächshaus gezogen. Alle waren sich einig, dass zehn Portionen ein Kinderspiel seien.
Ich beschließe, es selbst auszuprobieren. 800 Gramm am Tag, das müsste eigentlich zu schaffen sein. Ein Pfund Kirschen und ein paar Orangen – kein Problem. Ich habe in der Studie das Kleingedruckte übersehen. Man soll wegen des Zuckergehalts nur drei Portionen Obst einnehmen, der Rest muss aus Gemüse bestehen.
Auf den einschlägigen Webseiten gibt es Tipps zuhauf: In Olivenöl geröstete Runkelrübe mit Fenchelsamen. Zucchinis, die mit einem Spiralschneider in Spaghetti verwandelt werden. Eine Pizza mit einem Boden aus geraspeltem Blumenkohl. Eiscreme aus Süßkartoffeln. Ächz.
Ich versuche es auf konventionelle Art und beginne den ersten Versuchstag mit einer Pampelmuse. Der Vorteil: Sie zählt doppelt. Der Nachteil: Damit ist mein Obstkontingent für heute fast ausgeschöpft. Also genehmige ich mir noch eine Mohrrübe und ein Pilzomelette. Zwei Fünftel der Tagesration habe ich schon zum Frühstück erledigt. An der Mohrrübe kaue ich allerdings bis zum Lunch.

Ich spüle den Rest mit einem Gemüsesaft hinunter und schiebe ein paar in Mirabellenbrand eingelegte Streifen einer Paprikaschote hinterher - mein eigenes Rezept. Früher, als fünf Portionen das ewige Leben versprachen, hätte ich mein Tagespensum jetzt erledigt, obwohl der Mirabellenbrand gar nicht zählt. Nach den neuen Regeln ist aber erst Halbzeit.

Eine mit Chili-Kirsch-Mousse gefüllte Tafel Schokolade ist in der Studie nicht aufgeführt, da haben die Wissenschaftler geschlampt, obwohl sie sonst so akribisch sind: Eine Mandarine zählt als halbe Portion, Kartoffeln zählen gar nicht, wohl aber Süßkartoffeln. 14 Weintrauben, zwei Brokkoli-Ästchen, drei gehäufte Esslöffel Erbsen oder fünf Zentimeter Gurke sind eine Portion.

Nach zwei Tagen komme ich mir vor wie eine Komposttonne. Wozu ewig leben, wenn man dafür auf Laub herumkauen muss? Ich wende mich einer Currywurst mit ein paar Pommes zu - aber sicherheitshalber aus Süßkartoffeln.

Zu einer vernünftigen Ernährung gehört anständiges Zubehör, hatte ich früher angenommen. Wenn man aber später einen Schuppen aufräumt, muss man sich auf allerhand gefasst machen. Es treten Dinge zutage, über die man längst den gnädigen Mantel des Vergessens gebreitet hatte.

Habe ich wirklich irgendwann einen Flammenwerfer für die Zubereitung von Crème brûlée gekauft? Ich mag das Zeug nicht mal. Das noch originalverpackte Austernmesser hatte ich ebenfalls verdrängt. Ich

hatte früher geglaubt, so etwas gehöre zur Grundausstattung einer Küche – ebenso wie das Waffeleisen, das Waffeln in Körbchenform bäckt.
An manchen Sachen bin ich aber unschuldig. Den Eiwürfler habe ich als Geschenk bekommen, das schwöre ich. Es ist ein gelbes Kästchen, in das man ein gekochtes Ei hineindrückt. Wenn es an der anderen Seite wieder herauskommt, ist es rechteckig und kann nicht mehr auf dem Teller herumrollen. Damals führte ich dem spendablen Bekannten, der hier unerwähnt bleiben soll, eine Erfindung vor, die denselben Zweck erfüllt: Eierbecher.
Ebenso wenig bin ich für den „Wine Saver" verantwortlich. Es ist ein Flaschenverschluss mit einer Pumpe, die die Luft aus der angebrochenen Flasche saugt, damit der Wein länger hält. Laut Herstellerangaben soll das edle Getränk dadurch Wochen, wenn nicht sogar Monate frisch bleiben. Aber wozu? Ich wusste zunächst gar nicht, was mit „angebrochene Flasche" gemeint war, als ich diesen neumodischen Apparat geschenkt bekam. Der Begriff war mir fremd.
Die Bananenschneidemaschine war ein Geschenk der Schwägerin. Mit einem Handgriff kann man damit eine Banane in gleichmäßige Scheiben schneiden, wofür man mit einem Messer mindestens zehn Sekunden braucht. Was aber macht man mit Bananenscheiben? Man kann sie mit Kartoffelchips zwischen zwei Weißbrotscheiben legen und sie dann mit den Händen zerquetschen – eine kulinarische Spezialität Irlands.

Man könnte sie auch mit Schokolade glasieren. Bei Lüdl gab es mal ein Schokoladenfondueset, dazu die passenden Beutel mit Schokodrops. Es war ein Sonderangebot. Der Aufdruck auf den 14 Beuteln ließ mich nichts Gutes ahnen: „Best before 2006." Tatsächlich hatten die Drops eine graugrüne Farbe angenommen.

Dann fand ich noch einen batteriebetriebenen automatischen Seifenspender. Er sollte einen Klecks Flüssigseife abgeben, wenn man die Hand darunter hielt. Vielleicht war er zu empfindlich. Jedenfalls kam auch Seife heraus, wenn ich lediglich in die Nähe des Geräts kam. Möglicherweise lag es aber auch an mir, ich habe ja, wie bereits erwähnt, einschlägige Erfahrungen mit dem Seifenspender auf dem Berliner Flughafen gemacht. Vor kurzem war ich in einem italienischen Restaurant, wo auf der Toilette ein Papierhandtuchspender mit Sensor hing. Der Kasten warf die Handtücher aber bereits aus, als ich mir noch die Hände wusch. Und er hörte erst auf, als er leer war.

Jemand schlug vor, die Dachbodenfunde auf dem Flohmarkt zu verkaufen. Aber ich mach mich doch nicht öffentlich zum Deppen. Die Schokodrops versuchte ich, dem Nachbarsjungen unterzujubeln, aber er fiel nicht darauf herein. Er hatte sich zum Geburtstag eine Raupe namens Colin zum Nachtisch gewünscht. Wegen der niedlichen Knopfaugen wollte aber niemand der fünf Gäste bei der Geburtstagsfeier ihren Kopf essen. Doch Colin hatte sechs

gestiefelte Beine, eins für jeden Partygast. Sie bestanden aus weißer Schokolade.
Colin ist ein kleiner Kuchen in Form einer Raupe. Die Kaufhauskette M&S hat seit 1990, als Colin aus dem Ei geschlüpft ist, 15 Millionen Stück verkauft. Nur der klebrige Percy, ein Schweinchen, ist noch beliebter. „Man weiß, was man bekommt, wenn man Colin the Caterpillar kauft“, schreibt der *Guardian*. „Aber bei einem Preis von sieben Pfund ist es ein exklusiver Kuchen.“
Es war nur eine Frage der Zeit, bis andere Supermärkte ein ähnliches Produkt auf den Markt warfen. Sie taten es alle: Tesco hat Curly the Caterpillar, Waitroses Raupe heißt Cecil, Asdas heißt Clyde, Co-op hat Charlie und Sainsbury verkauft Wiggles the Caterpillar. Zum Schluss zog Aldi mit Cuthbert the Caterpillar nach. Das war dann doch zu viel für M&S. Der englische Edelsupermarkt verklagte den deutschen Discounter. Cuthbert ziehe Colins guten Namen und seinen untadeligen Charakter in den Schmutz, behauptet M&S.
Tatsächlich sehen sich die beiden Raupen sehr ähnlich. Colin hat sich in den 30 Jahren nicht verwandelt, schon gar nicht in einen Schmetterling. Aber im Preis unterscheiden sich die beiden deutlich, Aldis Raupenplagiat ist gut zwei Pfund billiger. Geschmacklich fallen beide in die Kategorie Zuckerbombe. Deshalb traut M&S der Urteilsfähigkeit der Kundschaft wohl

nicht und will die Konkurrenz lieber durch ein Gerichtsurteil als durch überlegene Qualität ausschalten.

Cuthbert war vorsichtshalber eine Weile untergetaucht. Doch dann kam er als limitierte Sonderproduktion mit leicht verändertem Gesicht zurück: Seine Augen sind nicht mehr braun, sondern weiß. Weil M&S einen Teil von Colins Profit an eine Krebsfürsorge spendet, gründete Cuthbert seine eigene Wohltätigkeitsorganisation, den „Teenage Cancer Trust“. Um dafür Spendengelder aufzutreiben, organisierte Aldi einen Fallschirmsprung für den Kuchen. Cuthbert wurde aus einem Hubschrauber geworfen und segelte an einen Fallschirmchen sacht zu Boden.

In Schottland geht man mit Lebensmitteln auf eine ganz eigene Art um: Was auch nur im Entferntesten essbar ist, wird im Teig gewälzt und in die Fritteuse geworfen – ob Fisch, Schokoriegel, Haggis oder Speiseeis. Dieses Schicksal ereilte auch Colin, der in einer Imbissbude in East Kilbride durch eine ordentliche Portion Fett veredelt wurde. Die ölige Zuckerraupe ist bei Kindergeburtstagen äußerst beliebt. Wer sagt denn, dass Kinder unbedingt das Rentenalter erreichen müssen?

Der Nachbarsjunge und seine fünf Geburtstagsgäste waren aber auch mit der unfrittierten Raupe zufrieden. Was sie nicht wussten: Colin war in Wirklichkeit Cuthbert.

Beim Recycling der Verpackungen von Cuthbert, Colin und anderen Lebensmitteln muss man höllisch aufpassen, das weiß ich aus eigener Erfahrung. Der Mann von der Müllabfuhr bekam schlechte Laune, nachdem er den Deckel meiner Recycling-Tonne hochgeklappt hatte. Er deutete auf die Verpackung von Hühnerkeulen. „Weiches Plastik", schnaubte er. „Das gehört nicht in diese Tonne." So weich sei das Plastik doch gar nicht, entgegnete ich lahm, aber er ließ das nicht gelten. „Die Plastikschale ist okay, aber nicht die dünne Folie, mit der sie abgedeckt war", rief er.
Ich solle das inkriminierte Material entfernen, sonst würde er die Tonne nicht leeren, drohte er. So warf ich die Verpackung in die Restmülltonne. Das war ihm auch nicht recht. „Die Schale muss in der grünen Tonne bleiben", sagte er, „du hast sie doch hoffentlich gespült." Natürlich, log ich, sie sei im Geschirrspüler gewesen.
„Du ahnst ja nicht, was die Leute alles in die Recycling-Tonne werfen", sagte er. „Voriges Jahr habe ich ein komplettes Festessen in der Tonne gefunden – Truthahn, Röstkartoffeln, Rosenkohl, grüne Bohnen und Obstsalat. Selbst das Porzellangeschirr und die bunten Weihnachtshüte waren in der Tonne." Er habe an der Haustür geklingelt und nachgefragt. „Der Hausherr brüllte, Weihnachten könne ihm gestohlen bleiben, es habe einen Streit gegeben, seine Frau sei noch am Weihnachtstag zu ihrer Mutter abgehauen, und die Kinder seien ausgewandert."

Manchmal finde man auch tote Haustiere in der Tonne, sagte er. „Einer meinte, man könne seine verstorbene Mieze doch im Zoo recyceln und sie an die Löwen verfüttern." Ein anderer habe seine kaputte Autotür auf die Tonne gelegt und behauptet, es sei doch so ähnlich wie eine gigantische Getränkedose.
Billig ist die Müllabfuhr nicht, seit sie privatisiert wurde. Eigentlich sollte es wegen des Konkurrenzkampfes preiswerter werden, aber die Unternehmen haben die Reviere untereinander aufgeteilt und den Preis abgesprochen. Sie kassieren eine happige Grundgebühr, damit sie einen als Kunden überhaupt akzeptieren. Dann kassieren sie Miete für die Tonnen. Des Weiteren muss man eine Gebühr für jede Leerung entrichten. Und wenn das Gewicht die willkürlich festgelegte Obergrenze überschreitet, muss man nochmal etwas drauflegen, weil man gegen die „Fair Usage Policy" verstoßen hat.
Dieser „Regel zur angemessenen Verwendung" ist erfunden worden, um die Kundschaft noch besser schröpfen zu können. Ob Mobilfunkanbieter, Telekom-Unternehmen, Internet-Anbieter oder eben die Müllabfuhr – alle werben mit einem niedrigen Pauschalpreis, der laut Kleingedrucktem aber nur dann gilt, wenn man den Dienst praktisch nicht in Anspruch nimmt.
„Es ist ein schmutziges Geschäft", grinste mein Müllmann, nachdem ich die Hühnerkeulenschale wieder in die grüne Tonne gelegt hatte. „Aber du lernst die

Mülltrennung auch noch, wenn demnächst Geldstrafen für weiches Plastik in der falschen Tonne verhängt werden.“
Am besten, man kocht gar nicht mehr, sondern isst nur noch auswärts, wenn man es sich leisten kann. Manchmal kann man an ungewöhnlichen Orten sehr gut essen. Man muss es nur richtig anstellen. Mein Sohn Fionn wusste sofort, dass er die Schmerzen ernst nehmen musste. Im Krankenhaus fragten sie ihn, ob er eine Zusatzversicherung für Privatpatienten habe, oder ob man ihn in den öffentlichen Teil des Krankenhauses bringen sollte. Was immer schneller gehe, stöhnte er. Das war ein Fehler, denn so landete er im öffentlichen Teil, weil er dafür kein langes Formular ausfüllen musste.
Die Blinddarmoperation verlief problemlos, doch weil er dann eine gefährliche Infektion bekam, behielt man ihn noch zwei Wochen im Krankenhaus und stopfte ihn mit Antibiotika voll. Schon am ersten Tag bereute er, das lange Formular nicht ausgefüllt zu haben.
Das Essen, das man ihm servierte, war so rätselhaft wie ungenießbar. Fionn fotografierte es jeden Tag und schickte die Fotos an Freunde und Verwandte, die erraten sollten, um was es sich handelte. Wir scheiterten fast immer. Manche Bilder ähnelten abstrakten Gemälden von Wassily Kandinsky, andere sahen aus, als ob Kleinkinder mit Eierpampe gespielt hatten.

Einmal war es besonders schwer. Das Foto zeigte helle Förmchen auf einer bräunlichen Masse. Eine neue Pasta-Kreation von Barilla? Weit gefehlt. Es sei ein Omelette auf Kartoffelbrei, verriet Fionn. Wie schafft man es, ein Ei so hinzurichten, dass man es nicht mehr erkennt? In der Krankenhausküche waren offenbar lauter Mafiosi beschäftigt. Fionn ernährte sich zwei Wochen lang von Toast.
Drei Wochen später musste ich ebenfalls wegen einer Infektion ins Krankenhaus. Da ich gewarnt war, füllte ich das lange Formblatt aus und landete in einem Einzelzimmer in der Abteilung für Privatpatienten. Man las mir die Speisenkarte vor, als ich zufällig mit Fionn telefonierte, so dass er mithören konnte. Ob ich eine Pastete aus gebratener Ente und Sauerkirschen als Vorspeise möchte, oder ob ich ein Lachsfilet mit Mango-Dressing bevorzugte? Fionn glaubte, ich hätte das inszeniert, um ihn zu ärgern.
Auch in Tankstellen findet man mitunter etwas für Gourmets. Im Regal der Zapfbude im westirischen Kilcolgan lag eine limitierte Auflage für 4,99 Euro. Ein bibliophiler Benzinverkäufer? Mitnichten. Bei der „limitierten Auflage" handelte es sich um ein eingeschweißtes Sandwich, gefüllt mit „Pulled Pork".
Auch in Irland haben diese Schweinefetzen nach nordamerikanischem Vorbild einen Siegeszug angetreten. Was kommt als Nächstes? Gerupftes Huhn? Gezupfte Lammbrauen? Offenbar kann man den Verbrauchern alles andrehen. Sogar limitierte Schweinereste, die man früher weggeschmissen hat.

Ich fragte die Verkäuferin, wieso die Klappstulle limitiert sei? Das sei doch logisch, antwortete sie: „Wenn alle Sandwiches verkauft sind, gibt es keine mehr." Und morgen? „Dann kommt wieder eine neue Lieferung", sagte sie. Aber dann sei das Sandwich doch nicht limitiert, wandte ich ein. „Doch, natürlich", meinte sie völlig unbeeindruckt. „Es steht ja ein anderes Verfallsdatum drauf. Das ist eine völlig andere Auflage, die ebenfalls limitiert ist." Ich hatte es offenbar mit einer literarischen Stullenverkäuferin zu tun und gab mich geschlagen.
Sandwiches mit eingeschränkter Stückzahl kommen wie das Schabeschwein aus den USA. Bereits vor zwei Jahren hat Katz's Deli ein „Roast beast" herausgebracht, das nur vom 17. bis 28. Dezember verkauft wurde. Das gigantische Röstbiest für 22 Dollar enthielt Truthahn, Roastbeef, weiche Salami, russische Sauce und Coleslaw. Letzteres ist ein Salat aus Weißkohl und Möhren, die mit fettiger Mayonnaise vermischt werden. Seit es Mülltrennung in Irland gibt, hat jeder Haushalt vier Tonnen: eine für Papier und Plastik, eine für Kompost, eine für Restmüll und eine für Coleslaw. Man bekommt das Zeug zu jedem Gericht serviert, aber niemand hat es je gegessen.
Eigentlich sind Sandwiches aber so englisch wie der Fünfuhrtee, wie Pfefferminzsauce, Roastbeef und Niederlagen im Elfmeterschießen. Keine Feier, bei der nicht Sandwiches gereicht werden. Selbst bei Hochzeiten oder Beerdigungen werden spät am Abend, wenn das Festmahl verdaut ist, Türme von

Sandwiches serviert. Meist sind es harmlose Exemplare, mit Butter und Senf bestrichen und mit Schinken oder Käse belegt. Der Klassiker ist BLT, Bacon, Lettuce und Tomato, mit fetter Mayonnaise.
Was aber ist ein Sandwich überhaupt? Gehört ein Hamburger dazu? Natürlich nicht. Zwar ist das Brötchen beim Doppelwhopperwürger genauso pappig wie das Weißbrot, aber es ist nicht flach, wenn man sich nicht draufsetzt. Und ein gerolltes Sandwich – ein „Wrap", wie es genannt wird – ist eine alberne ausländische Imitation, die an das Original nicht heranreicht.
In englischen Spezialläden oder in manchen Supermarktabteilungen hat man die Sandwich-Kultur zum Äußersten getrieben. Es gibt die Papptaschen gefüllt mit Pute, Kohl, Kartoffelscheiben und Sauce – ein ganzes Weihnachtsmahl zwischen zwei Weißbrotscheiben. Wer es lieber indisch mag, kann auf ein Chicken-Tikka-Masala-Sandwich zurückgreifen. Oder auf eine Thunfischfüllung, die es aber immer nur mit Mais gibt. Wer hat eigentlich entschieden, dass es Thunfisch niemals ohne Mais geben darf?
Tesco brachte ein Lasagne-Sandwich auf den Markt: Hackfleisch, zwei Pastaplatten und weiße Sauce zwischen zwei Brotscheiben. Die Supermarktkette Asda verkaufte eine (sehr kurze) Zeit lang eine Art Ikea-Sandwich zur Selbstmontage. Für 60 Pence bekam die Kundschaft Weißbrotscheiben mit Butter und eine Tüte Kartoffelchips. Die musste der Käufer

öffnen, den Inhalt auf das Brot verteilen, es zusammenklappen und die Chips mit dem Handballen zerdrücken.
Jeder Engländer verspeist im Jahr 754 Sandwiches. Aber welcher Engländer kennt es nicht, welcher Engländerin ist es nicht schon unzählige Male passiert, dass man in ein prall gefülltes Sandwich beißt und sich die Füllung auf das Hemd oder das Tweed-Kostüm ergießt?
Ein Gary Ehasoo hat deshalb ein ganz spezielles Sandwich-Messer erfunden. Es hat zwei parallele Klingen, wobei die linke etwas breiter ist als die rechte. Schneidet man ein Weißbrot, denn anderes Brot gibt es fast nicht in England, so ist die linke Scheibe vom Brotlaib getrennt, aber sie hängt noch an der unteren Kante mit der rechten Scheibe zusammen. „Wenn die untere Kante intakt ist, versiegeln die Hände die beiden Öffnungen an der Seite“, meint Ehasoo, „so dass nur noch eine Seite offen ist, von der man isst.“
Doch Engländer essen hauptsächlich Toastbrot. Das ist die vorgeschnittene Variante eines Weißbrots, die man nicht fallen lassen darf, weil das gummiartige Gebäck sonst davonspringt und nicht mehr einzufangen ist. Man könnte die Toastscheiben natürlich mit japanischem Klebereis an einer Seite versiegeln und hätte dann denselben Effekt wie mit dem Ehasoo-Messer. Oder man wendet sich vernünftigen Ernährungskriterien zu, verlässt England und

wandert in schönere Gegenden aus – also irgendwohin, wo weder England noch Sandwiches sind. Und erst recht kein Porridge. Wer isst schon freiwillig Haferschleim? In den deutschen Verschickungsheimen der Nachkriegszeit wurden Kinder mit dem Zeug zwangsernährt, und wer auf den Teller kotzte, musste trotzdem weiter essen. Ursprünglich stammt das Gericht aus Schottland, und im schottischen Gälisch heißt es „Brochan“ – wie „Erbrochanes“. Auf Englisch heißt der Schleim „porridge“, und „to do porridge“ bedeutet passenderweise „Knast schieben“.

In Carrbridge in den schottischen Highlands veranstalten sie seit 27 Jahren die Schleimbeutel-Weltmeisterschaften. Der Gewinner bekommt den goldenen „Spurtle“, den Rührstab für den besten Porridge. Man muss den Rührstab mit der rechten Hand benutzen und im Uhrzeigersinn rühren, um den Teufel fernzuhalten. Aber Porridge ist der Teufel.

Carrbridge ist für diese Weltmeisterschaften prädestiniert, denn „Carr“ ist der altnordische Begriff für Schlamm – also Porridge. Der Getreidebrei gilt zu Recht als fades Hausmittel bei Magenbeschwerden. Im diesem Oktober 2021 konnte das Wettkochen wegen Corona nur virtuell stattfinden.

In der Spezialkategorie gewann ein Chris Young aus Crieff in Perthshire, der einen „Crunch sa Bheul“ kreierte – ein Knirschen im Mund. Das ist die schottische Antwort auf Croquembouche, die französische

Windbeutelpyramide. Youngs Schleim bestand aus Hafermehl, Zucker, Butter, Sahne und Karamell. Die Titelverteidigerin Lisa Williams aus Trimley in Suffolk kam nur auf den zweiten Platz mit ihrem „Haferschleim der Hoffnung", der aus Erdnussbutter, Honig, Bananen sowie Schokolade bestand und mit einem Obstkebab serviert wurde. Leer ging dagegen ein „von Haferflocken inspiriertes Enten-Confit-Taco" aus, was bedauerlich ist, denn die perverse Phantasie ist preisverdächtig. Das Rezept für „Haferschleim mit goldener Dusche" möchte man sich lieber nicht vorstellen.

Die Teilnehmerinnen und Teilnehmer mussten Videos von drei bis fünf Minuten Länge einschicken, in denen sie die Zutaten und das fertige Produkt vorstellen sollten. Der Geschmack konnte natürlich nicht beurteilt werden, was aber bei Porridge ohnehin entbehrlich ist, weil das Zeug auch mit allen kulinarischen Tricks kaum genießbar wird. Der Gewinner erhielt nur einen virtuellen Rührstab.

Der silberne Rührstab für minderjährige Köche wurde nicht vergeben. Kinder, die das Mittel herstellen, mit dem sie gefoltert werden? Okay, Jesus musste zur Kreuzigung ja auch sein eigenes Kreuz mitbringen.

Der traditionelle Wettbewerb, bei dem nur Hafermehl, Wasser und Salz verwendet werden dürfen, musste ausfallen, denn dabei geht es um „Konsistenz, Geschmack, Farbe und die Hygiene des

Kochs", was virtuell schwer zu bewerten ist. Die Behälter werden beim traditionellen Wettbewerb übrigens zur Verfügung gestellt, damit die Teilnehmer anonym bleiben – vermutlich aus Angst vor der Rache der Kinder.
In dem Tankstellenladen in Kilcolgan hatte sich inzwischen eine deutsche Kleinfamilie eingefunden. Aus deren Unterhaltung konnte man entnehmen, dass man nach Irland gereist war, weil die etwa siebzehnjährige Tochter ihre Englischkenntnisse aufbessern sollte. Ihre Mutter forderte sie auf, sich bei der literarischen Stullenverkäuferin zu erkundigen, ob es auch Erdnussbuttersandwiches gebe. Die Tochter schaute ihre Mutter nachdenklich an und fragte: „Wieso heißen diese zusammengeklappten Weißbrotscheiben eigentlich Sandhexen?" Viel Glück beim Englisch-Abi.

JA, ICH FINDE, DER TYP HAT WAS. SO WAS JE-NE-SAIS-QUOI! SO WAS ... URTÜMLICHES!
ER RAUCHT, ER TRINKT, ER ISST FLEISCH, ER MACHT KEINEN SPORT...
UND ER ZUPFT SICH NICHT DIE AUGENBRAUEN! DA KÖNNTE ICH GLATT SCHWACH WERDEN!
DA WÜRDE ICH MICH ABER BEEILEN!
WENN ER AUCH NOCH NICHT TÄTOWIERT IST, STELLEN SIE IHN UNTER ARTENSCHUTZ.

Sockenkauf mit Pediküre

Wissenschaftler müsste man sein. Dann könnte man sich mit allerlei Unfug beschäftigen. Das kann man als Journalist zwar auch, aber als Wissenschaftler würde man dafür anständig bezahlt. Das Journal of the American Medical Association hat zum Beispiel herausgefunden, dass ein elektrischer Ventilator an heißen Tagen dazu beitragen könne, sich abzukühlen, wenn man über keine Klimaanlage verfüge. Da Irland wegen des Klimawandels in letzter Zeit öfter von Hitzewellen mit Temperaturen jenseits der 25 Grad heimgesucht wird, habe ich mir einen Ventilator gekauft und kann bestätigen, dass die Wissenschaftler recht haben.

Außerdem habe ich mir angewöhnt, mit meiner vollen Tasse Kaffee von der Kaffeemaschine rückwärts zum Tisch zu laufen. Der Koreaner Jiwon Han hat nämlich den Preis für Strömungslehre der Harvard University für seine bahnbrechende Erkenntnis erhalten, dass man beim Rückwärtslaufen weniger Kaffee verschüttet. Wenn man nicht stolpert.

Der Friedenspreis der Universität wurde hingegen einer internationalen Gruppe von Wissenschaftlern und Musikern verliehen, weil sie nachweisen konnten, dass man weniger schnarche, wenn man das australische Didgeridoo spiele. Vermutlich kann man aber auch jedes andere Instrument spielen, ohne dabei zu schnarchen.

Das Journal of Health Psychology hat Überraschendes herausgefunden: Obdachlosigkeit ist schlecht für die Gesundheit. Dabei hieß es in meiner Jugend, man solle möglichst viel Zeit an der frischen Luft verbringen und nicht so lange vor dem Fernseher sitzen. Hat man mir einen Bären aufgebunden? Obdachlose sind offenbar nicht gesünder als Menschen mit einem Dach über dem Kopf.
Apropos Gesundheit: Laut American Heart Association verbessere sich die Lebensqualität, wenn man nach einem Herzinfarkt aufhört zu rauchen. Darüber hinaus lassen auch die Brustschmerzen nach. Das muss ich mir merken, falls ich mal einen Herzinfarkt bekomme.
Auf eine verblüffende Korrelation zwischen Aussehen und politischer Einstellung sind die Wissenschaftler Rolfe Daus Peterson und Carl L Palmer gestoßen: Attraktive Menschen stehen gewöhnlich politisch rechts, werden besser behandelt und verdienen mehr Geld. George Clooney und ich sind gar nicht rechts. Clooney wird aber wahrscheinlich besser behandelt und verdient mit Sicherheit mehr Geld als ich.
Die Association for Psychological Science hat schlechte Nachrichten für depressive Menschen. Sie seien außerstande, ihre Traurigkeit in den Griff zu bekommen. Dabei könnte ihnen geholfen werden. Wissenschaftler am Dubliner Trinity College haben herausgefunden, dass es bei älteren Leuten einen Zusammenhang zwischen Glauben und mentaler

Gesundheit gebe. Glaube allein reiche aber nicht, man müsse auch in die Kirche gehen. Dann verschwinden die Depressionen.
Wenn ich also künftig mit einer Tasse Kaffee rückwärts laufend und nichtrauchend während einer Messe Didgeridoo spiele, müsste ich eigentlich auf der sicheren Seite sein.
Manchmal muss man aber gar nicht zur Messe, manchmal reicht auch ein Besuch in einem Einkaufszentrum. Das Skycourt Shopping Centre in Shannon in der Nähe des westirischen Flughafens ist gut besucht, weil die Menschen letzte Weihnachtseinkäufe machen. Plötzlich werde ich von einem Mann in Schwarz angesprochen. Ob ich einen Moment Zeit habe, um über Gott zu reden oder eine Beichte abzulegen? O Gott, ein Pfaffe, und er ist nicht allein. 16 katholische Priester und ein Bischof sind unterwegs, um ahnungslose Shopper einzufangen.
Wo kommen die alle her? Es herrscht doch akuter Nachwuchsmangel – also Mangel an jungen Leuten, die Pfarrer werden wollen. Nachwuchs haben katholische Pfaffen offiziell ohnehin nicht, und das ist Teil des Problems, denn wegen des Zölibats ergreifen immer weniger junge Männer diesen Beruf. An Kindern dürfen sie sich ja auch nicht mehr vergreifen, da achtet die Hierarchie neuerdings drauf.
Darüber hinaus sind die Themen, mit denen die Pfarrer hausieren gehen, ziemlich verschnarcht. Der ehemalige apostolische Nuntius in Irland, Erzbischof

Charlie Brown, hatte 2017 vor seiner Strafversetzung nach Albanien die Katholiken davor gewarnt, nur über Abtreibung, gleichgeschlechtliche Ehe und Verhütungsmittel zu reden, da sie sonst zu Karikaturen würden. Eigentlich soll man keine Witze über Namen machen, aber jetzt mal im Ernst: Charlie Brown warnt davor, zur Karikatur zu werden?

Kommunion wird in dem Konsumtempel allerdings nicht angeboten. Man hat wegen des Brexit Angst vor einer Hostienknappheit. Der Leib Christi wird nämlich aus Polen über England importiert. Der Hoflieferant der irischen Kirche, die Firma Desmond Wisley, hat sicherheitshalber sechs Millionen Hostien geordert, um für das Fest gewappnet zu sein.

Der Wein kommt zwar direkt aus Spanien, aber man weiß ja nicht, was alles passieren kann. Mit den bestellten tausend Kisten sollte man eine Weile über die Runden kommen, denn die Kommunionsempfänger bekommen ja keinen Schluck davon. Die Pfaffen haben freilich größeren Durst, und an dem Trick ihres Chefs, Wasser in Wein zu verwandeln, haben sie sich bisher die Zähne ausgebissen.

Es gibt übrigens Schlimmeres als die Priester im Skycourt Shopping Centre. Wer in Dublins vornehmer Einkaufsmeile Grafton Street eingekauft hatte, musste mit Bono, dem Sänger der irischen Pop-Combo U2, rechnen. Der war mit seinem Gitarristen The Edge aufgekreuzt und hatte zwei Lieder vorgetragen – für eine Obdachlosenorganisation. Es gibt inzwischen mehr als 10.000 Obdachlose in Irland.

Würde die Band ihre Steuern bezahlen, könnte vielen von ihnen geholfen werden.
Dem Priester, der mir in Shannon aufgelauert hat, beichte ich, dass ich eine U2-Scheibe gekauft habe, weil sich mein Nachbar die zu Weihnachten gewünscht hat. Ich werde zu drei Vaterunser und dem Kauf der Frank-Zappa-Gesamtausgabe verknackt. Dann sei die Sache vergessen.
Ein anderes Weihnachtsärgernis ist Wichteln oder Julklapp, wie es in Norddeutschland heißt. Früher war das vermutlich ein netter vorweihnachtlicher Zeitvertreib. Dabei wird in einer bestimmten Gruppe ausgelost, wer wem anonym mit einem kleinen Geschenk eine Freude macht. Ich war in drei verschiedenen Gruppen. Leider wird der Brauch in Irland, wo er „Kriskindl“ heißt, inzwischen als Müllabfuhr missbraucht: Man recycelt alte Geschenke.
Die Flasche Weißwein, die ich bekam, war nicht nur recycelt, sondern bereits vor langer Zeit geöffnet worden, so dass das ehemalige Getränk ungenießbar war. Ich weiß aber genau, von wem das Geschenk kam, so dass ich mich nächstes Jahr revanchieren kann. Die Ofenhandschuhe, die zusammengenäht waren und mir wie Handschellen vorkamen, sowie der Badewasserzusatz für wunde Füße waren kaum besser.
Was macht man mit dem Zeug? Umtauschen? Viele Geschäfte in Dublin nehmen unwillkommene Geschenke nach Weihnachten auch ohne Quittung zurück und geben einem dafür einen Gutschein. Am

zweiten Weihnachtsfeiertag ist jedoch die halbe Nation unterwegs, um im nachweihnachtlichen Schlussverkauf Schnäppchen zu ergattern.
Dabei ist in Irland immer Schlussverkauf. Nach dem vorweihnachtlichen „Sale“ kommt der Winter- gefolgt vom Frühlingsschlussverkauf. So geht das immer weiter. Dennoch schienen die Menschen in Panik, weil die Geschäfte über Weihnachten 36 Stunden lang geschlossen waren. Sonst kann man nämlich immer einkaufen, auch sonntags. Manche Supermärkte sind sogar rund um die Uhr geöffnet. Nun aber litten viele unter Entzugserscheinungen. So mancher stand bereits seit drei Uhr nachts an, um als erster an die Ramschtische zu gelangen. Für viele war das der Höhepunkt der Feiertage. Vor einem Kaufhaus brach beinahe eine Schlägerei aus, weil manche in der Schlange die Angestellten, die die Türen aufschließen wollten, für Shopping-Konkurrenten hielten, die sich vordrängeln wollten.
Dabei ist Einkaufen eigentlich so out wie Musikkassetten und Dia-Filme. Wer heutzutage ein Paar Socken erstehen will, muss sich auf einiges gefasst machen. „Erlebnis-Einkauf“, so heißt die Strategie, mit der man die Kundschaft von den Online-Shops weglocken will. Es geht längst nicht mehr nur darum, den Kunden zu animieren, sich ein Kleidungsstück auszusuchen und es zu bezahlen. Er soll sich rundum wohlfühlen. Dann kauft er zu den Socken vielleicht das passende Paar Schuhe. Und einen Anzug, der zu den Schuhen passt.

Wie aber bringt man ihn dazu? Neulich fand in der Dubliner Guinness-Brauerei eine Konferenz des Verbands der Einzelhändler statt. Die Brauerei hat allerdings kein Problem mit der Online-Konkurrenz, denn die Iren kippen sich lieber vor Ort zünftig einen hinter die Binde.
Alan Henderson von Pygmalios Analytics erklärte den versammelten Einzelhändlern die Strategie: „Wir verfolgen die Bewegungen vor dem Laden, um zu sehen, wie viele Menschen vorbeilaufen, und welcher Prozentsatz den Laden betritt – und was sie dann machen. Dazu benutzen wir Kameras, die das Alter, die Rasse, das Geschlecht, die Emotionen und die Dauer der Aktivitäten aufzeichnen."
Wenn man also einen Fön etwas zu lange anstarrt und dabei feuchte Augen bekommt, wird man wochenlang von Menschen verfolgt, die einem Haarpflegeprospekte in die Hand drücken? Die analoge Form der Online-Werbung? Das klinge zunächst erschreckend, räumt Henderson ein, beschwichtigt aber: „Wir wissen ja nicht, wer du bist." Beim online shopping werde viel mehr erfasst.
Das stimmt, doch um das zu vermeiden, geht man ja altmodisch in einen Laden. Und manche Dinge gibt es online nicht. Benzin zum Beispiel. Aber was ist bloß aus den Tankstellen geworden? Früher bekam man dort Benzin und Zigaretten, im größten Notfall konnte man sogar eine grauenhafte Toilette hinter dem Gebäude aufsuchen. Heute gibt es rund

um die Uhr warme Mahlzeiten, Heißgetränke, Alkohol, Souvenirs und Sanitäranlagen, die so manches Drei-Sterne-Hotel in den Schatten stellen. Es fehlt nur noch eine Couch, auf der sich der gestresste Autofahrer den Nacken massieren lassen kann.

Massagen und anderes werden in Dublins Kaufhäusern längst angeboten. Von wegen schnell mal ein Paar Socken kaufen. Vorher ist eine Pediküre fällig, dazu ein Tässchen Kaffee. Apropos Kaffee: Nespresso hat es mit dem Erlebnis-Shopping auf die Spitze getrieben. Dem Unternehmen ist es gelungen, ihren Aluminiumkapselläden, in denen Menschen arbeiten, die wie professionelle Trauerredner gekleidet sind, den Hauch der Exklusivität zu verleihen. Respekt. Die paar Gramm Kaffee in den Kapseln werden sogar mit albernen Geschmacksnoten belegt, wie sie bei Wein üblich sind.

Ist es das, was Thomas Burke, der Chef des Verbands der Einzelhändler, meinte, als er sagte, man müsse das Erlebnis des Einkaufens so theatralisch und gesellig wie möglich machen? Dann kauft man die Socken doch besser online. Es gibt ja sogar Socken-Abonnements.

Ich gab meinen Versuch, die Julklapp-Gaben umzutauschen, vorsichtshalber auf. Wohlfahrtsorganisationen hatten gebeten, ungeliebte Geschenke für Obdachlose zu spenden. Die größte Sammelstelle war die Prokathedrale der heiligen Maria in der Innenstadt. Eine Pro-Kathedrale besitzt nur vorüberge-

hend den Rang einer Kathedrale. Die beiden richtigen Kathedralen in der irischen Hauptstadt gehören den Protestanten. Bis zum 6. Januar konnte man in der Prokathedrale seine Sachen loswerden.
Aber was sollen Obdachlose mit Ofenhandschuhen und Badezusätzen? Ich nahm das Geraffel wieder mit nach Hause. Ich weiß auch schon, wer es nächstes Jahr zum Julklapp bekommen wird.
Zu den größten Weihnachtsgewinnern gehört die irische Post. Die halbe Nation schickt der anderen Hälfte eine Weihnachtskarte – und umgekehrt. Wer die Karten ohne Umschlag versendet, gilt als knauserig. Internet und E-Mail haben diesem Brauch nicht allzu viel anhaben können. Was ist schon das Öffnen eines E-Mail-Anhangs mit grässlich gekleideten Rentieren im Vergleich zum Öffnen eines Briefumschlags mit einer geschmackvollen Weihnachtskarte?
Außerdem kann man Emails nicht über dem Kamin aufhängen und damit angeben, wie viele Freunde man hat. Die Karte vom Weinhändler seines Vertrauens an „meinen besten Kunden" muss ja nicht ganz vorne hängen.
Trotz des Weihnachtsgeschäfts ist die Post fast pleite und schließt viele Dorfpostämter. Um aus den roten Zahlen zu kommen, erhöht sie außerdem ständig das Porto. Wer sich einen Vorrat angelegt hat, ist gelackmeiert. Ich wollte ein paar 20-Cent-Marken kaufen, weil das Auslandsporto von 2 Euro auf 2,20 Euro gestiegen ist, aber der Beamte in der Dubliner

Hauptpost weigerte sich, die Marken herauszurücken. Zwar verfügt er über einen Drucker, bei dem er den gewünschten Wert eingeben könnte, aber das tat er nicht.
Ich müsste beweisen, dass ich 20-Cent-Marken benötige, indem ich ihm die mit 2 Euro frankierten Auslandsbriefe vorlege. Dann werde er die zusätzliche Marke aufkleben. Ich renne doch nicht für jeden Brief aufs Postamt, sagte ich. Wozu gebe es denn Briefkästen? Ob er glaube, dass ich mit den 20-Cent-Marken den Flur widerrechtlich tapezieren wolle? Es nützte nichts. Die Post gehört zu den unfähigsten Behörden Irlands. Da kämpfen Organisationen gegen Versuche, staatliche Dienstleister zu verscherbeln, und dann liefern diese Postdumpfbeutel den Privatisierern die besten Argumente.
Das philatelistische Büro der Post ist das Zentrum dieser Dienstleistungshölle. Sammler sind seine Feinde. Mein Nachbar wollte sich ein paar 10-Cent-Marken aus dem Schalterdrucker eines Dorfpostamts, wo die kundenfeindliche Direktive aus Dublin noch nicht angekommen war, mit Ersttagsstempel versehen lassen. So schickte er sie ans Philateliebüro in Dublin und legte einen frankierten Rückumschlag bei. Zwei Wochen später erhielt er die Marken zurück – ungestempelt. Im Begleitbrief hieß es, die Marken können nicht abgestempelt werden, weil ihr Wert nicht dem gültigen Porto entspreche.
Dabei wurde für das Entwerten der Marken überhaupt keine Gegenleistung verlangt. Stattdessen

schrieb der Beamte einen Brief, was wesentlich länger dauert als das Stempeln der Marken, und schickte auch noch den frankierten Rückumschlag unbenutzt zurück.
So wird das nichts mit der Rettung der Post. Mein Nachbar hat bereits das passende Weihnachtsgeschenk für den klotzköpfigen Beamten: das Buch „BWL für Dummies“. Falls es die Post dann noch gibt.

RALF, HOLST DU MIR NOCH DREI PACK ABDECKPLANE? RALF? HAST DU RALF GESEHEN?
EBEN WAR ER NOCH HIER.
PINSEL
WANDFARBE € 19,99
WIE VOM ERDBODEN VER-SCHLUCKT! DANN IST ER GARANTIERT IM AUSSEN-BEREICH, HEIMLICH EINE RAUCHEN!
NA WARTE, BÜRSCHCHEN!
VOGELHÄUSCHEN € 29,99
NÖ. HIER IST ER NICHT!

Mit Halsband schneller schwanger

So kennt man es in Irland: Man läuft nach einem fröhlichen Abend im Pub spät abends nach Hause und fällt in ein Schlagloch. Während man benommen am Boden liegt, taucht ein kleines blondes Mädchen im Superheldin-Kostüm mit rotem Umhang auf und füllt das Schlagloch mit Blumen. Nein? So geschieht es aber in dem Musikvideo „Potholes“ von den Shruggs, einer Zwei-Mann-Band aus dem südirischen Cork.

Bei uns hat sich die Kleine nicht blicken lassen, als wir auf dem Weg zu einer Geburtstagsfeier auf einer Halbinsel waren. Nach gut drei Wochen fast ununterbrochener Regenfälle war die Straße kaum noch zu erkennen. Überall auf den Feldern und Wegen sind spontane Seen entstanden. Als wir durch eine dieser „Pfützen“ fuhren, gab es einen lauten Schlag: In den Fluten hatte sich ein riesiges Schlagloch versteckt.

Wir hatten Glück, unser robuster 21 Jahre alter Kleinwagen ist an irische Straßen gewöhnt. Andere kamen nicht so glimpflich davon. In einer kurzen Regenpause hatte das Straßenbauamt einen Kleinlaster mit Sand geschickt, mit dem die Löcher aufgefüllt werden sollten. Ein besonders stattliches Exemplar hatten die Arbeiter aber übersehen. Unser Nachbar fuhr ihnen hinterher und wies sie darauf hin. „Vorwärts immer, rückwärts nimmer“, erklärte der Fahrer und fuhr weiter.

Der Nachbar holte einen Warnpömpel aus seinem Schuppen. Als er nach einer Viertelstunde zurückkam, waren bereits acht Autos ins Loch gefahren und mit zerborstenen Reifen liegengeblieben. Auf Schadensersatz können sie nicht hoffen. Den gibt es nur bei „Schlechterfüllung einer Verpflichtung“, nicht aber bei „Nichterfüllung“. Mit anderen Worten: Ignoriert das Straßenbauamt ein Schlagloch, ist es nicht haftbar. Repariert es das Loch hingegen unzureichend, muss es zahlen.
In Nordirland ist die Sachlage anders. Dort wurden binnen drei Jahren 1,7 Millionen Pfund an Schadensersatz ausbezahlt. Jemand hat die Schlaglöcher gezählt, es sind 102.521 Stück. Zusammen sind sie 1.338 Meter tief, fast acht Mal so tief wie der Ärmelkanal. Wie hat man das bloß ausgerechnet? Ein Liam Keane aus Cork hat die Messung bei einem mit Wasser gefüllten Schlagloch selbst vorgenommen. Er zog sich eine Badehose an und sprang hinein. Das Wasser reichte ihm bis zur Brust.
Die irische Regierung will aus dem Notstand eine Tugend machen: Sie hat die Gesetze gelockert, so dass fahrerlose Autos auf irischen Straßen getestet werden dürfen. Die Industrie findet in Irland Idealbedingungen vor. Ein fahrerloses Auto auf einem Highway in Kalifornien ist eine Sache – dasselbe Auto auf einer schmalen, kurvenreichen Landstraße ohne Fahrbahnmarkierung und übersät mit Schlaglöchern eine andere.

Der Regen bringt auch andere Probleme mit sich: Stromausfälle. Unser Nachbar Bernie sah grauenhaft aus. Und so fühlte er sich auch. „In der Nacht gab es mehrere Stromausfälle“, stöhnte er. Die hatte es auch in den sechs Tagen zuvor in Fanore an der irischen Westküste gegeben. Die meisten seien doch nachts gewesen, wandte ich ein. „Eben“, antwortete er. „Normale Menschen haben das vermutlich gar nicht bemerkt, aber ich leide unter Schlafapnoe und muss mit einer Maske schlafen, die mir Luft in die Lungen pustet.“

Als der Strom ausfiel, bekam Bernie keine Luft mehr und wachte auf. Dann versuchte er, ohne die Maske zu schlafen. Als er endlich eingenickt war, schaltete sich der Strom ein, und das Beatmungsgerät meldete sich mit einem Pfeifton zurück, so dass Bernie erneut erwachte. Er setzte sich die Apnoe-Maske auf und schlief nach einer Weile wieder ein. Dann kam der nächste Stromausfall.

Danach war er so genervt, dass an Schlaf nicht mehr zu denken war. So stand er auf, schmierte sich ein ungetoastetes Toastbrot und trank ein Glas kalte Milch. Kaum hatte er das karge Frühstück heruntergewürgt, kam wie zum Hohn der Strom zurück.

„Das Schlimmste aber ist, dass ich meinem Cousin eine Ansichtskarte nach New York geschickt hatte, um damit anzugeben, dass die USA ohne irische Auswanderer ziemlich alt aussähen“, sagte Bernie. „Ich frankierte die Karte mit den Briefmarken, auf denen die vier Astronautinnen und Astronauten irischer

Herkunft abgebildet sind." Man sollte lieber den Boss des Elektrizitätswerks ins Weltall schießen, fügte Bernie hinzu.
Die Post hatte aus Anlass des 50. Jahrestags der Mondlandung vier Sonderbriefmarken herausgegeben. Sie zeigen zwei Astronautinnen und zwei Astronauten mit irischen Wurzeln, darunter Neil Armstrong, der erste Mensch auf dem Mond, und Michael Collins, der unterdessen in der Apollo 11 um den Mond kreiste. Armstrongs Familie stammt aus der nordirischen Grafschaft Fermanagh, Collins' Opa wanderte aus Cork in die USA aus.
Eileen Collins' Familie stammt ebenfalls aus Cork, aber sie ist nicht mit Michael Collins verwandt. In Cork heißen alle Collins. Eileen war die erste Frau auf dem Pilotensitz eines Space Shuttle, das im Februar 1995 die Raumstation Mir ansteuerte. „Ich wollte schon immer weiter, schneller und höher hinaus als alle anderen", sagte sie.
Die zweite Briefmarken-Astronautin ist Cady Coleman, die auf ihrer letzten Reise ins All drei Lieder für ein Album der Chieftains aufgenommen hat. Die irische Band hat in ihrer langen Geschichte schon einige illustre Gäste gehabt, darunter Mick Jagger, Van Morrison und Marianne Faithful.
Die Briefmarken sind in irischer Sprache beschriftet, aber unglücklicherweise war die Post zu blöd für die korrekte Schreibweise. So heißt der Mond auf Irisch „gealach". Auf den Marken der männlichen Astronauten steht aber „gaelach". Das ist zwar nur eine

kleine Vertauschung, aber der Satz bekommt dadurch eine völlig andere Bedeutung. Statt „50. Jahrestag der ersten Landung auf dem Mond“ heißt es nun: „50. Jahrestag der ersten Landung auf den Iren“.

Der Satiriker Flann O’Brien behauptete einmal, dass ein durchschnittlicher englischsprachiger Mensch sein Leben lang mit 400 Wörtern auskomme. Irisch-Sprecher hingegen benutzten 4.000 Wörter, und in Donegal im Nordwesten der Grünen Insel sei der Wortschatz so gewaltig, dass die Einheimischen kein Wort zwei Mal in ihrem Leben benutzen.

Die irische Post hingegen beherrscht offenbar keine zwei Worte in Irisch. „Wir haben Schritte unternommen, damit solche Fehler in Zukunft nicht mehr vorkommen“, beteuerte ein Sprecher der Post. Dasselbe hatte man 2014 versprochen, als die Irish Citizen Army und ihr Kommandant Jack White geehrt werden sollten. Der Mann auf der Marke war allerdings nicht Jack White. Die Post zog die Marke zurück, doch im Dubliner Hauptpostamt war sie 40 Minuten lang erhältlich. Die 60-Cent-Marke ist heute 700 Euro wert.

Die Liste der peinlichen Post-Patzer ist lang. So hat man zum Beispiel auf der Sondermarke aus Anlass der EU-Erweiterung auf der abgebildeten Europakarte Zypern mit Kreta verwechselt. Gar nicht wahr, behauptete die Post. Man habe Zypern lediglich nach Westen verlegt, damit es auf die Marke passe.

Doch zurück zur Stromversorgung. Fanore ist im April 1953 nach einem Jahr Bauzeit ans nationale Stromnetz angeschlossen worden. „Seitdem hat man sich offenbar nicht mehr um die Leitungen in unserem Dorf gekümmert“, lästerte Bernie. „Und wir sind erst am Anfang der stürmischen Jahreszeit.“

Als die Strommasten damals errichtet wurden, waren nicht alle begeistert. Manche hielten es für neumodischen Quatsch, der zudem gefährlich sei. Bauern waren wütend, weil die Strommasten nicht am Rand der Felder, sondern mitten drauf platziert wurden. Das war für die Arbeiter einfacher, erschwerte den Bauern aber das Pflügen. Hauptgrund für die Ablehnung war jedoch, dass die meisten Menschen im Westen der Insel knapp über die Runden kamen und keine Lust auf eine monatliche Rechnung hatten.

„Der Cousin hat mir als Retourkutsche einen Brief aus den USA geschickt, frankiert mit einer irischen Briefmarke für zwei Pence aus dem Jahr 1930 zur damaligen Einweihung des Wasserkraftwerks am Shannon“, sagte Bernie empört. „Dass er sich über unser marodes Stromnetz lustig macht, hätte ich ihm verziehen. Aber ich musste auch noch Strafporto bezahlen, weil die Marke in Irland nicht mehr gültig ist und sie in den USA nie gültig war.“

Neben der Ansichtskarte aus den USA fand Bernie in seinem Briefkasten ein Werbeprospekt eines Dubliner Start-up-Unternehmens für Agrartechnologie namens Cainthus, das ihm die Gesichtserkennung von Kühen schmackhaft machen wollte. Das System

könne eine Kuh in Sekundenschnelle identifizieren, hieß es. Offenbar glaubt Cainthus, dass alle Iren, die auf dem Land leben, Bauern sind und Kühe haben. Ursprünglich wollte man es lediglich auf Milchkühe anwenden, aber nachdem der US-Multi Cargill finanziell eingestiegen ist, sind nun auch Schweine, Fische und Geflügel dran. Die Technologie erkennt aber nicht nur die Gesichter der Tiere, sondern überwacht außerdem ihre Essens- und Trinkgewohnheiten sowie eventuelle Verhaltensauffälligkeiten. Also, Fische, aufgepasst: Wenn ihr ins Wasser pinkelt, gibt's umgehend Ärger.
David Hunt, der Präsident von Cainthus, sagt, diese Technologie diene der Sicherheit und Gesundheit der Tiere. So ähnlich argumentierte die ehemalige britische Premierministerin Theresa May, als sie die vielen Überwachungskameras in britischen Städten verteidigte. Davon gibt es inzwischen sechs Millionen Stück – eine für zehn Einwohner. Großbritannien stellt nicht mal ein Prozent der Weltbevölkerung, besitzt aber 20 Prozent aller Bespitzelungskameras. Noch spionieren die Briten das Sexualverhalten der Bevölkerung nicht aus, jedenfalls nicht offiziell. Bei Kühen geschieht das bereits. Der „MooMonitor“ der irischen Firma Dairymaster ist ein Halsband, das merkt, wenn eine Kuh brunftig ist. Es misst darüber hinaus die Aktivitäten wie Fressen, Wiederkäuen, Laufen und Ausruhen. Die drei Millionen erfassten Daten pro Kuh und Tag werden ständig an eine Cloud übermittelt.

Gibt es Auffälligkeiten, wird der Bauer durch eine App auf seinem Handy alarmiert. So kann er einer Kuh, die zu lange herumlungert, statt wiederzukäuen, Beine machen, denn die Viecher stehen ja nicht als Dekoration auf der Weide, sondern sollen sich möglichst rasant vermehren. Das Halsband kostet 140 Euro. Beim Juwelier käme man nicht so billig davon. Dort müsste man allerdings keine Basis-Station zusätzlich anschaffen. Die kostet 4.500 Euro.

Billiger ist eine Erfindung eines Pharmakonzerns zur Überwachung der Fortpflanzungsbereitschaft von Kühen. Aber sie hat Ihre Tücken. Als Michael, ein Bauer aus Fanore, seinen Freund Pat bat, ihm zu helfen, seinen Stier von der Alm zu holen, weil der am nächsten Tag vom Tierarzt einem Tuberkulosetest unterzogen werden sollte, war Pat sofort zur Stelle. Simon, der Stier, hatte sich auf seiner Weide offenbar gelangweilt und ließ sich bereitwillig ins Tal führen.

Mick und Pat saßen bei einer Tasse Tee und plauderten, als sie einen Knall hörten. Simon hatte das Gatter zur Nachbarweide durchbrochen und machte sich an einer fremden Kuh zu schaffen. Wenn eine Kuh brunftig ist, schafft es keine Armee, einen Stier von ihr wegzuzerren. Simon ist fünf Jahre alt und wiegt über eine Tonne. Also versuchten Mick und Pat, die Kuh auf Micks Wiese zu bugsieren, was ihnen gelang. Simon folgte ihr zunächst. Doch dann

machte er kehrt, rannte auf die Nachbarwiese zurück und stürzte sich auf eine andere Kuh. Was war hier los? Mick rief Seamus an, den Besitzer der Kuhherde. Als er wieder auflegte, war er kreidebleich.
„Ich sitze in der Tinte“, sagte er. „Seamus hat seine Herde synchronisiert.“ Das bedeutete, dass er den 30 Kühen Hormone verabreicht hatte, damit sie alle gleichzeitig brunftig wurden. Am nächsten Tag wollte er sie künstlich besamen lassen. Er hatte bereits für jede Kuh den passenden Samenspender per Katalog ausgesucht. Der Pharmakonzern, der das Experiment finanzierte, um herauszufinden, wie wirksam die Hormonbehandlung sei, hatte jeder Kuh eine Vorrichtung umgeschnallt, die durch eine rote Lampe signalisierte, wann die Kuh brunftig wurde. Der Konzern konnte zufrieden sein. Vor Micks und Pats fassungslosen Augen leuchtete es innerhalb einer halben Stunde auch bei den übrigen 29 Kühen. Simon wähnte sich im Paradies. Mick und Pat gingen wieder ins Haus, um den inzwischen kalten Tee zu trinken.
Nach einer Stunde gab Simon auf. Er war fix und fertig, er bebte am ganzen Körper, die Zunge hing ihm aus dem Maul, und er japste nach Luft. Seine Hoden waren auf die Größe von Murmeln geschrumpft. Mick führte ihn wie ein Lamm nach Hause und duschte ihn kalt ab, weil er völlig überhitzt war. Harry, der Stier von Seamus, war während der Orgie in seinem Stall angekettet, weil die Herde

ja künstlich besamt werden sollte. Durch das Stallfenster musste er hilflos mit ansehen, wie ein fremder Stier sichtlich Spaß mit seinen Kühen hatte. Seamus war genauso verärgert wie sein Stier. Er hat am nächsten Tag dennoch die nicht gerade billige künstliche Besamung vornehmen lassen, weil niemand wusste, welche Kühe von Simon erledigt worden waren. Das wird sich in neun Monaten herausstellen. Dann wird man sehen, wie viele kleine Simons munter auf der grünen Wiese herumtoben.
Simon liegt seit dem für ihn so erfreulichen Nachmittag auf seinem Strohlager im Stall und schläft die meiste Zeit. An seiner eigenen Kuhherde hat er momentan kein Interesse. Mick glaubt, ein Lächeln in seinem Gesicht erkennen zu können.
Pannach & Kunert haben mal gesungen: „Ach wie gut ist´s auf'm Land", und Simon wird ihnen sicher zustimmen. Es gibt aber ein paar Menschen in Belmullet, die dem vehement widersprechen. Belmullet. Wie das schon klingt! Der Ort liegt in der westirischen Grafschaft Mayo, über die Heinrich Böll in seinem „Irischen Tagebuch" schrieb: „Nun haben die Iren eine merkwürdige Gewohnheit; wenn der Name der Provinz Mayo genannt wird (es sei lobend, tadelnd oder unverbindlich), sobald nur das Wort Mayo fällt, fügen die Iren hinzu: ‚God help us!'"
Belmullet hat rund tausend Einwohner. Nicht alle sind freiwillig hier. Daran ist eine Frau aus Dublin schuld, nennen wir sie Bernadette Wilkins. Sie

wohnt in einer Sozialbausiedlung in der Dubliner Innenstadt. Als sie einmal krank war, kam der Arzt zu einem Hausbesuch. Er kümmerte sich so gründlich um sie, dass sie schwanger wurde. Die Frau des Arztes bekam das heraus und organisierte den Umzug ihrer Familie nach Belmullet.
Der Briefträger bereut heute noch den Tag, als er Wilkins einen Einschreibbrief zustellte. Inzwischen trägt er die Post in Belmullet aus. Ein Teil seines Gehalts muss er für Alimente abgeben. Und eines Tages wurde Wilkins Zeugin eines Einbruchs in der Nachbarschaft. Der Polizist, der ihre Aussage aufnahm, blieb länger als nötig. Danach war Wilkins zum dritten Mal schwanger. Der Polizist hoffte, seine Frau wüsste nichts von Belmullet, aber der Ort ist auf der Insel als Strafkolonie berühmt. Sie ließ ihn dorthin versetzen.
Der frühere Premierminister Charles Haughey überredete Kneipiers oft, über die Sperrstunde hinaus Getränke auszuschenken. Wenn eine Polizeistreife vorbeikam und mit Geldstrafen drohte, fragte Haughey die Beamten: „Wollt ihr ein Bier oder eine Versetzung nach Belmullet?“
Polizisten haben normalerweise ein ruhiges Leben in dem Kaff. Als Shell allerdings eine unterirdische Hochdruckleitung von einem Gasfeld im Atlantik zur Raffinerie bei Belmullet legen wollte, kam es zum Konflikt mit den Anwohnern und mit Umweltschützern aus dem ganzen Land. Die Polizisten, die Shell

schützen sollten, jammerten in Hörweite der Manager des Öl-Multis lauthals über ihren Durst. Shell verstand den Wink und versorgte die Polizisten mit Alkohol im Wert von 30.000 Euro. Dafür vermöbelten sie gerne die Demonstranten.

Der irische Schriftsteller John Millington Synge war 1904 in dem Ort und schrieb: „Belmullet am Abend ist laut und dreckig, einsam und gleichzeitig vollgestopft und ohne jegliche Wirkung auf die Vorstellungskraft.“ 1958 kam es in Belmullet zu einem Streit zwischen dem Staatsminister Erskine Childers und lokalen Bauarbeitern, die sich weigerten, einen Zaun auf einem Stück Land zu errichten, weil sie behaupteten, es sei von Leprechauns – irischen Kobolden – bewohnt. Childers musste nachgeben.

Vor einigen Jahren machte das Lokalblatt, der *Mayo Advertiser*, mit der Schlagzeile auf: „Massive blow jobs for Belmullet.“ Daran hätten sich der Arzt, der Briefträger und der Polizist halten sollen. God help them.

Den Gaelic-Football-Spielern aus Mayo hat Gott allerdings noch nie geholfen. Mayo ist verflucht. Auch 2021 verlor die Grafschaft das Endspiel um die gesamtirische Meisterschaft. Beim Gaelic Football geht es darum, den Ball im gegnerischen Tor unterzubringen. Das zählt drei Punkte. Geht er über die Querlatte zwischen den – theoretisch bis in den Himmel – verlängerten Pfosten, gibt es einen Punkt. Torrichter in weißen Fleischerkitteln wachen mit Argusaugen über die Flugbahn und signalisieren einen

Punktgewinn mit Fähnchen. Der Ball darf mit der Hand gespielt, muss jedoch mit dem Fuß vom Boden aufgenommen werden. Über die Behandlung der Gegenspieler gibt es strenge Vorschriften, was unbedarfte Zuschauer kaum für möglich halten.
Auch beim Finale 2021 gab es kurz vor Schluss eine zünftige Schlägerei. Am Ende hatte Tyrone mit zwei Toren und 14 Punkten gegen Mayo mit 15 Punkten die Nase vorn, aber das stand ja von vornherein fest. Mayo hatte 70 Jahre zuvor, im September 1951, zum bisher letzten Mal im Dubliner Croke-Park-Stadion die Meisterschaft gegen die Grafschaft Meath gewonnen. Auf ihrem Triumphzug in einem offenen Lastwagen zurück nach Mayo kam das Team in Foxford vorbei.
In der dortigen Kirche fand eine Trauerfeier statt. Die Spieler hielten jedoch nicht an und erwiesen dem Verstorbenen ihren Respekt, wie es den Gepflogenheiten entsprochen hätte, sondern fuhren jubelnd weiter. Das erboste den Pfarrer so sehr, dass er einen Fluch über Mayos Fußballer verhängte: Solange ein Spieler der Mannschaft von 1951 am Leben sei, solle Mayo nie wieder ein Finale gewinnen. Und so kam es auch. Mayo hat seitdem zehn Mal das Finale erreicht, aber es nie gewonnen. Einmal verlor die Mannschaft durch zwei späte Eigentore, was beim gälischen Fußball höchst selten vorkommt. 2021 wollte man beweisen, dass der Fluch nur eine Legende sei. Mayo galt als Favorit, doch als der Fluch dafür sorgte, dass Mayos Ryan O'Donoghue

einen Elfmeter an den Pfosten schoss, verlor seine Mannschaft den Faden und ergab sich in ihr unausweichliches Schicksal.
Der 95-jährige Paddy Prendergast starb nur wenige Wochen nach dem Finale. Er war der letzte Überlebende der Mannschaft von 1951. Der *Mayo Advertiser* berichtete nach seinem Tod, dass Prendergast nach Kerry im Südwesten Irlands gezogen war. Offenbar befürchtete er, dass ihn die Mayo-Fans lynchen würden, um den Fluch endlich zu besiegen. Sein Tod nützte Mayo aber nichts. 2022 schied das Team bereits in der Vorrunde aus. Irischer Meister wurde Kerry.
Man sollte überhaupt öfter Lokalzeitungen wie den *Mayo Advertiser* lesen, denn dort erfährt man die wirklich wichtigen Dinge. Die *Cotswold News* melden, dass das jährliche Schienbeintreten in den Cotswolds aus Mangel an Freiwilligen abgesagt werden musste. Dabei fand die erste Weltmeisterschaft in dieser Sportart schon 1612 statt, zum 400. Jubiläum kamen 5.000 Zuschauer. Die Teilnehmer stopften sich Stroh in die Strümpfe und traten solange aufeinander ein, bis einer „genug“ schrie und aufgab.
Der *Herald Express* berichtete, dass ein Abend mit einer Hellseherin wegen eines unvorhergesehenen Unfalls abgesagt werden musste. In derselben Ausgabe schreibt das Blatt, dass die Spiegel aus öffentlichen Toiletten entfernt werden, weil Menschen glauben könnten, das Spiegelbild sei ein Fremder.

Wie besoffen muss man sein, um sein Spiegelbild nicht zu erkennen?
In Devon hatte man ganz andere Sorgen. Wegen des außergewöhnlich sonnigen Wetters zog es viele Menschen an den Strand, im Gepäck das englische Grundnahrungsmittel, warmes Bier. Englische Möwen mögen dieses Getränk offenbar auch, sie tranken die von den Besuchern zurückgelassenen Reste aus den Bechern, bis sie fluguntauglich waren. Als eine Möwe besoffen von einem Dach fiel, kam die Feuerwehr, um den Vogel zu retten, doch der kotzte sie voll. So stand es jedenfalls in *Devon Live*.
Apropos Tiere: Die *Mercury Press* aus Liverpool berichtete, dass ein Mann das Ebenbild seines toten Hundes in einer Scheibe Schinken gefunden habe. Zum Beweis zeigte das Blatt ein Foto sowohl vom Hund, als auch vom Schinken. Den Fleischer sollte man besser meiden.
„Hund fraß Riesenschlüpfer", rief das *Northern Echo* von der Titelseite. Mops Oscar hatte das Bekleidungsstück einer Hebamme verschlungen, so dass ihm der Tierarzt den Bauch aufschlitzen und die Unterhose entfernen musste. Der Mops überlebte den Eingriff, eine Kuh hingegen kam durch eine Baptisten-Rakete ums Leben.
Die Broughty Ferry Baptist Church im schottischen Dundee hatte laut *The Courier* ein Feuerwerk für die Gemeinde gezündet, doch eine Rakete erschreckte eine Kuh dermaßen, dass sie einen Herzinfarkt be-

kam. Die bisher als eher friedlich eingeschätzte Religionsgemeinschaft greift in diesen unsicheren Zeiten offenbar zu Tieropfern.
Spannendes gab es aus Carnforth, einer Kleinstadt in der Nähe von Lancaster, zu berichten. Auf einer Sitzung des Stadtrats wurde beschlossen, dass die Stadthalle einen neuen Staubsauger bekommt, weil der alte nicht mehr betriebsfähig war, schreibt Rachel Kitchen in der *Westmoreland Gazette*. Der kurze Artikel wurde dutzende Male kommentiert. Ein Leser aus Birmingham schrieb, er könne es kaum erwarten, nach Carnforth zu reisen, um den Staubsauger zu besichtigen. Ob man sich dafür anmelden müsse, wollte er wissen.
Eine Schlagzeile aus dem *Guardian* dürfte Senioren Freude machen: „Sex-Scheune soll zum Altenheim werden." Die Schlagzeile des Jahrzehnts aber stand im *Daily Telegraph*: „Frau im Kostüm eines Sumo-Ringers griff in einer Homo-Bar ihre Ex-Freundin an, nachdem die einem als Snicker-Schokoriegel verkleideten Mann zugezwinkert hatte." Sandra Talbot hatte Adrienne Martin im Dubliner The George Pub eine Flasche über den Schädel gezogen, weil sie den Schokoriegel vermeintlich vernaschen wollte. Ein Gericht verurteilte Talbot zu 400 Euro Strafe. Vielleicht sollte sie sich beim Schienbeintreten in den Cotswolds anmelden. Mit dem Preisgeld könnte sie die Strafe locker bezahlen.
Einen besonderen Platz in der Lokalpresse hat die Berichterstattung über Verbrechen. Ein Mann habe

17 Jahre lang die Unterwäsche seiner Nachbarin von der Wäscheleine gestohlen, berichtet *The Sentinel*. Einmal hinterließ der Gauner einen 20-Pfund-Schein, damit sich die Nachbarin neue Höschen kaufen konnte. Der 47-jährige Stephen Cope wurde schließlich geschnappt, weil das Opfer eine Überwachungskamera installierte. Nach 17 Jahren. Das Gericht urteilte, dass sich Cope zehn Jahre lang keiner Wäscheleine nähern darf.

Interessant sind die Berichte über kriminelle Aktivitäten vor allem für Gauner, denn sie können aus den Fehlern ihrer Kollegen lernen. Der 33-jährige Stephen Murphy zum Beispiel dürfte als dümmster Gangster in die Geschichte eingehen. Die Polizei in Lancashire suchte ihn wegen Sachbeschädigung und veröffentlichte ein unvorteilhaftes Bild von ihm im *Lincolnshire Reporter*. Murphy war so erbost, dass er dem Lokalblatt ein Foto schickte, auf dem er als Dressman zu sehen war. „So habt ihr wenigstens eine Chance, mich zu schnappen“, schrieb er im Begleitbrief – und behielt recht.

Einem Drogendealer hingegen ist seine Vorliebe für Stilton zum Verhängnis geworden. Der 39-jährige Carl Stewart aus Liverpool postete ein Foto des englischen Blauschimmelkäses auf der Webseite EncroChat, die vor allem von Gangstern benutzt wird. Über diesen Messenger Service, den weltweit rund 60.000 Menschen nutzen, werden Waffen und Drogen vertickt.

Stewart machte den Fehler, den Stilton in der Hand zu halten, als er das Foto schoss. Der Polizei gelang es, Stewarts Fingerabdrücke zu analysieren und ihn als „Toffeeforce" zu identifizieren. Unter diesem Pseudonym hatte der Fan des FC Everton, deren Spitzname „The Toffees" ist, Kokain und Heroin verkauft. Stewart wurde zu 13 Jahren Gefängnis verurteilt. Da behaupte noch jemand, dass 13 keine Unglückszahl sei.

Mitunter haben Richter aber Humor und lassen Gnade walten. Vor Gericht in Cahersiveen im Südwesten der Insel, wo die Menschen recht sonderbar sind, stand ein 60-jähriger Bauer, der wegen Fahrens unter Alkoholeinfluss angeklagt war.

Seine Entschuldigung war, dass er in der Stadt Tierfutter für seine Kühe kaufen wollte. Irgendwie landete er danach im Wirtshaus und geriet in eine erhitzte Diskussion über das gälische Fußballteam seiner Heimatgrafschaft Kerry. In der Aufregung habe er nicht daran gedacht, etwas zu essen, erklärte er. Aber er hatte nicht vergessen, etwas zu trinken. Auf dem Nachhauseweg landete er mit seinem Auto im Graben. Er hatte knapp zwei Promille Alkohol im Blut. Darauf steht ein automatisches Fahrverbot für drei Jahre.

Das würde ihn in erhebliche Schwierigkeiten bringen, argumentierte der Bauer. Er lebt nämlich auf einer abgelegenen Farm zehn Kilometer vom nächsten Ort entfernt. Ohne Auto könne er seine Kühe nicht versorgen und müsse die Herde verkaufen.

Richter James O'Connor hatte ein Einsehen. Er verbot dem Sünder zwar, künftig im Pub über Religion, Politik oder Sport zu diskutieren, gab ihm aber ein halbes Jahr Zeit, um den Heiratsmarkt im westirischen Lisdoonvarna zu besuchen und dort „eine nette Frau" zu finden, die ihn fortan chauffieren würde. Der Heiratsmarkt ist eins der ältesten Festivals Irlands, es ging schon vor rund 160 Jahren los. Sechs Monate später stand der Bauer wieder vor Gericht. Er habe seine Angelegenheiten in Ordnung gebracht, sagte er und gab seinen Führerschein ab. In Lisdoonvarna, wo ihm einige Hoteliers kostenlose Übernachtungen angeboten hatten, war er aber nicht. Vielleicht habe ihm „Star Wars" zu einer Frau verholfen, mutmaßte der Richter. Einige Szenen wurden nämlich auf der Insel Skellig Michael gedreht, und seitdem strömen die Touristinnen nach Kerry.

DA UNTEN WOHNT RALF!
FRÜHER KONNTE MAN DAS IMMER AN DER QUALM-WOLKE ERKENNEN!
ABER ER RAUCHT JA NICHT MEHR.
AUF JEDEN FALL HAT IHN SCHON LANGE KEINER MEHR DABEI ERWISCHT!

Händeschütteln mit Untoten

Manchmal kann man mit einem toten Ahnen noch ein paar Euro verdienen. Vor allem, wenn man verschweigt, dass er tot ist. Ein Donal O'Callaghan aus dem südirischen Cork hat 33 Jahre lang die Rente seiner verstorbenen Eltern kassiert – insgesamt mehr als eine halbe Million Euro. Es war der größte Sozialbetrug in der irischen Geschichte. Deswegen ist er zu dreieinhalb Jahren Gefängnis verurteilt worden.

Sozialbetrug ist offenbar vererbbar. O'Callaghans Mutter Eileen war bereits 1979 gestorben, aber ihr Mann Donald holte ihre Rente trotzdem jede Woche vom Postamt ab. Als er 1987 starb, machte der Sohn weiter und kassierte für beide Eltern. Er ging dabei recht dreist vor.

1990 beantragte er sogar einen Heizkostenzuschuss. Da die Behörde die Lebensnachweise per Post verlangte, fälschte er einfach die Unterschriften und schickte die Formulare zurück. 2014 bestellte er im Namen seines Vaters einen Berechtigungsausweis für soziale Dienste. Da das Amt das Foto wegen der schlechten Qualität nicht akzeptierte, fotografierte O'Callaghan einen Nachbarn, der im selben Alter war, wie sein Vater gewesen wäre, wenn er noch gelebt hätte. Außer der elterlichen Rente bezog O'Callaghan seit 30 Jahren Arbeitslosengeld, so dass er insgesamt auf eine Summe von 700 Euro kam – pro Woche.

Aufgeflogen ist die Sache erst, als Donald O'Callaghans hundertster Geburtstag bevorstand. Zu diesem Anlass hätten ihm 2.540 Euro und eine Geburtstagskarte vom Präsidenten zugestanden. Der Polizist Michael Nagle, der die feierliche Übergabe organisieren sollte, konnte den Jubilar wegen der Pandemie aber nicht persönlich aufsuchen. Bei seinem Anruf bestätigte der Sohn, dass sein Vater sich auf das präsidiale Geschenk freue.

Nagle gab sich damit aber nicht zufrieden und kontaktierte die Gemeindeschwester, sämtliche Krankenhäuser sowie die praktischen Ärzte in Cork. Niemand hatte je vom Ehepaar O'Callaghan gehört. Sterbeurkunden gab es allerdings auch nicht. Nagle suchte die Friedhöfe in Cork ab und stieß auf Eileen O'Callaghans Grab. Eine Woche später fand er auf einem anderen Friedhof auch das Grab ihres Mannes.

Wesentlich ungeschickter als O'Callaghan gingen zwei Männer in Carlow südwestlich von Dublin vor. Sie schleppten einen Peadar Doyle zum Postamt, um seine Rente einzustreichen. Der Postbeamtin fiel jedoch auf, dass der 66-Jährige nicht besonders gesund aussah. Das war er auch nicht. Er war tot.

Einer der beiden Leichenträger war der Neffe des Verstorbenen. Er behauptete beim Polizeiverhör, dass sein Onkel noch gelebt habe, als man aus dem Haus gegangen sei. Er müsse auf den 200 Metern zum Postamt verstorben sein. Er habe sich gewundert, warum er plötzlich so schwer geworden sei. Da

man bei einer Autopsie den Todeszeitpunkt nicht auf die Minute genau feststellen kann, konnte man dem Neffen und seinem Freund das Gegenteil nicht nachweisen.
Inzwischen ist der Onkel ordnungsgemäß begraben. Früher benötigte man keine Ausbildung, um jemanden unter die Erde zu bringen. Während der großen Hungersnot Mitte des 19. Jahrhunderts wurde ein Gesetz verabschiedet, wonach ein Leichnam schnurstracks zum nächstgelegenen Wirtshaus gebracht werden musste. Die englische Regierung hatte trotz der Kartoffelpest den Iren auch noch Fleisch und Getreide weggenommen, so dass eine Million Menschen starben und die Leichenhallen dem Andrang nicht gewachsen waren. Da die Pubs über kühle Bierkeller verfügten, mussten die Wirte die Leichen zwischen den Fässern lagern, wie bereits oben erwähnt.
Viele Kneipiers fanden Geschmack an den Nebeneinnahmen und diversifizierten nach dem Ende der Hungersnot. Neben Alkohol und Bestattungen boten sie im vorderen Teil des Pub Lebensmittel und Artikel des täglichen Bedarfs an, so dass man in Grunde sein ganzes Leben in dem Laden verbringen konnte und erst nach dem Tod vor die Tür gesetzt wurde – von der Krippe bis zum Grab. Ein solcher Laden in Wexford wurde wegen einer Ansichtskarte berühmt: In einem Fenster standen kunstvoll gestapelte Dosen gebackener Bohnen, im anderen hing eine

Guinness-Reklame, und im dritten Fenster stand ein Sarg.
Heutzutage gibt es aber nicht mal mehr hundert Pubs, die dermaßen vielseitig sind. Eins steht an der Westküste, aber aufgrund der Ereignisse ist es besser, den Ort und den Namen des Kneipiers zu verändern. Nennen wir ihn Seumas O'Grady. Er war etwas schusselig, was nicht nur an seinem Alter lag, sondern vor allem an seinem Konsum alkoholhaltiger Getränke.
Eines Tages musste er einen Sarg zur Kirche nach Lisdoonvarna in der Grafschaft Clare schaffen. Er war spät dran und drückte auf der Küstenstraße ordentlich aufs Gaspedal. Als er in Lisdoonvarna ankam, wartete die Trauergemeinde schon ungeduldig. Die beiden Söhne des Verstorbenen wollten den Sarg aus dem Leichenwagen – einem umgebauten Krankenwagen – holen, mussten zu ihrer Überraschung aber feststellen, dass der Kofferraum leer war. Seumas hatte den Sarg in einer unübersichtlichen Kurve an der Küste verloren, weil das Kofferraumschloss nicht mehr richtig funktionierte. Die Söhne fuhren mit Seumas zurück und beschimpften ihn unterwegs.
Aber es ging noch schlimmer. Wegen der Coronakrise hatt Seumas viel zu tun, so dass er einen Flachmann dabei hatte, um die Nerven zu beruhigen. Diesmal verlor er den Sarg nicht, sondern gab ihn ordnungsgemäß ab. Die Familie bezahlte ihn,

was voreilig war, denn als man den Sarg öffnete, damit Freunde und Verwandte von der Toten Abschied nehmen konnten, meinte ein Neffe verblüfft, dass Tante Mary im Tod offenbar um zehn Jahre jünger geworden war. Der Sohn wusste es besser: Es war nicht seine Mutter, Seumas hatte die Leichen verwechselt. Es wird nicht wieder vorkommen, man hat dem Chaoten die Bestattungslizenz weggenommen. Aber die Kneipenlizenz hat er zu seinem Glück noch.
Irlands erstem Literatur-Nobelpreisträger William Butler Yeats erging es übrigens nicht viel besser als der vertauschten Mutter. Yeats war 1939 in Roquebrune an der französischen Riviera gestorben. Er wollte dort begraben, aber nach einem Jahr wieder ausgebuddelt und nach Irland umgesiedelt werden. Der Zweite Weltkrieg verhinderte das zunächst. Erst 1948 kam man seinem Wunsch nach, stellte jedoch fest, dass seine Überreste mit den Gebeinen anderer Leute vermischt worden waren. Man hatte damals ein Skelett aus mehreren Personen zusammengestellt und nach Irland geschickt. Yeats' Familie akzeptierte das frankensteinsche Arrangement, und so wurde Yeats' Grab in Drumcliffe in der Grafschaft Sligo zum Pilgerort.
Yeats' Kollege James Joyce sollte eigentlich auch nach Irland umgebettet werden. Nach seinem Tod 1941 wurde er auf dem Fluntern-Friedhof in Zürich beerdigt. Es ist ein schönes Grab mit einer Skulptur und einem von Ginster eingefassten Grabstein. Es

gibt keinen vernünftigen Grund, Joyce wieder auszubuddeln. Genau das schwebte aber ein paar Dubliner Stadträten vor. Der Dichter sollte 2022, hundert Jahre nach dem Erscheinen seines Jahrhundertromans „Ulysses“, nach Hause kommen.
Dabei hat Irland jedes Recht auf Joyce verwirkt. Joseph P. Walshe, der damalige Staatssekretär im Auswärtigen Amt, fragte den irischen Chefdiplomaten Frank Cremins in Bern nach Joyces Tod: „Ist er als Katholik gestorben?“ Vorsichtshalber verbot er ihm, an der Beerdigung teilzunehmen.
Joyces Witwe Nora Barnacle wollte den Leichnam trotzdem nach Dublin überführen lassen, aber die irische Regierung untersagte das wegen „der Feindseligkeiten der katholischen Geistlichen und Politiker gegenüber Joyce“. Es war genau dieser katholische Mief, der Joyce und viele andere aus dem Land getrieben hatte.
Als Yeats 1948 in Frankreich ausgegraben und in Drumcliffe beerdigt wurde, versuchte es Barnacle erneut, zumal inzwischen eine neue Regierung mit Außenminister Seán MacBride, dem Friedensnobelpreisträger und Gründer von Amnesty International, im Amt war.
Der hatte sich für die Yeats-Rückholaktion eingesetzt. Im Fall von Joyce schrieb er hingegen an den Papst und bat ihn darum, für ihn zu beten, damit „Gott mir die Weisheit gibt, die nötig ist, um meine neuen Aufgaben gut und getreulich zu erfüllen“. Gott riet ihm offenbar, Joyce die Einreise zu verweigern.

Vermutlich lag das aber eher daran, dass Joyce zu Lebzeiten MacBrides Eltern – die Freiheitskämpferin Maud Gonne und ihren Mann John MacBride, der wegen seiner Teilnahme am Osteraufstand 1916 hingerichtet worden war – als „Jungfrau von Orléans und Papst Pius X." verspottet hatte.
Was Joyce von seiner Heimat hielt, zeigt die Tatsache, dass er als Brite gestorben ist. Als er Irland 1904 verließ, war Irland eine britische Kolonie. Als das Land 1922 zum Freistaat geworden war, bemühte sich Joyce nicht um einen irischen Pass. Das ficht die irische Tourismusindustrie freilich nicht an. Man hat eine Joyce-Statue in der Innenstadt aufgestellt, am Flughafen hängen Zitaten von Schriftstellern, die man vertrieben hat, und der Bloomsday zu Ehren des „Ulysses" dauert inzwischen eine Woche. Es ist allemal besser, dass Joyce in Zürich bleibt. Schließlich liegen seine Frau, sein Sohn und seine Schwiegertochter im selben Grab. Da könnte es leicht zur Verwechslung der Knochen kommen, wovon Yeats ein Lied singen könnte.
Warum soll man Menschen auch zweimal begraben? Einer Margorie McCall ist das allerdings passiert. Sie stammte aus Lurgan einem trostlosen Ort in Nordirland. Die satirische BBC-Quizsendung „The Blame Game" enthält in fast jeder Folge einen gemeinen Seitenhieb auf die Stadt. So sagte einer der Teilnehmer: „Gott hat Nordirland geschaffen. Lurgan überließ er aber dem Typen von unten."

Die Menschen aus Lurgan protestierten gegen die Verunglimpfung: „Wir sind beleidigt“, schrieb einer im Internet. „Lurgan ist einzigartig. Keine andere Stadt hat so viele Menschen hervorgebracht, die solch großen Einfluss auf die Welt ausgeübt haben.“ Wer kann gemeint sein? Michael Jackson vielleicht? Der stammt aus Lurgan, aber es ist nicht der Musiker, sondern der anglikanische Erzbischof von Dublin. Im Gegensatz zum Musiker lebt der noch.
Es gibt sogar ein Sprichwort über jemanden, der besonders jämmerlich aussieht: „Er hat ein Gesicht so lang wie ein Spaten aus Lurgan.“ Was macht man also in dem Nest? Der Shankill-Friedhof ist ganz interessant. Seit Jahrhunderten werden hier Menschen begraben, viele der alten Grabsteine sind zerbrochen. Einer ist wieder zusammengesetzt und mit einem Metallrahmen fixiert worden. Der Name ist noch zu erkennen: John McCall. Am Fuß des Grabsteins steht ein neuerer Granitblock mit der Inschrift: „Margorie McCall – einmal gelebt, zweimal begraben.“
Der Historiker Jim Conway erzählt die Geschichte: Margorie McCall starb 1705 vermeintlich an Fieber. Es gab eine große Totenfeier, der Leichnam war im offenen Sarg aufgebahrt. Mehrere Trauergäste versuchten, ihr den wertvollen Ehering vom Finger zu ziehen. Weil der aber wegen des Fiebers geschwollen war, schafften sie es nicht. Am Abend wurde Margorie beerdigt. Doch als es dunkel wurde, kamen

Grabräuber. Sie buddelten Margorie aus und schnitten ihr den Ringfinger ab.
Der Schmerz riss Margorie aus ihrem Koma. Die Grabräuber flüchteten mit dem Finger und dem Ring. Margorie lief nach Hause und klopfte an die Tür. Als ihr Mann öffnete und Margorie im Totenhemd mit blutiger Hand sah, fiel er vor Schreck tot um. Er wurde am nächsten Tag in dem Grab beerdigt, aus dem Margorie herausgekrabbelt war. Margorie aber lebte noch lange, sie heiratete wieder und bekam viele Kinder. Als sie starb, wurde sie neben ihren ersten Ehemann in das Grab gelegt, das sie schon kannte.
Ähnliche Geschichten gibt es zwar aus vielen Teilen der Welt, unter anderem aus 19 deutschen Städten, aber Conway behauptet, dass diese Legenden später entstanden seien und auf Margorie McCall zurückgingen. Es sei Lurgan gegönnt. So hat das Kaff wenigstens eine Sehenswürdigkeit.
Manche Leute werden gar nicht beerdigt. In der Krypta unter der St. Michan's Church in Dublin stapeln sich die Leichen. Viele sind fünfhundert, manche sogar tausend Jahre tot, aber sie verwesen nicht. In der Ecke sitzt ein Kreuzritter, fast zwei Meter groß, dem man damals die Beine gebrochen hatte, damit die Leiche in den Sarg passte. Der Sarg ist längst zerfallen, der Kreuzritter streckt eine Hand aus, als ob er einen begrüßen will. Ich habe ihm vier oder fünf Mal die Hand geschüttelt, weil es Glück bringen

soll. Das ist inzwischen im Interesse des Kreuzritters verboten.
Die Haut fühlt sich ledern an, Haare und Fingernägel noch erhalten. Selbst die Gelenke funktionieren noch, wie der Totengräber demonstriert. Es leuchtet ein, dass der Dubliner Autor Bram Stoker hier zu seinem „Dracula“ inspiriert worden ist. Der ursprüngliche Titel lautete „Die Untoten“, und der Blutsauger hieß Graf Wampyr.
Angeblich basierte Stokers Geschichte auf Vlad III. aus der rumänischen Walachei, aber einige Historiker glauben, dass Dracula auf Abhartach beruht, einem mordgierigen Stammeshäuptling, der gerne das Blut seiner Opfer trank. Er lebte in Slaghtaverty in der nordirischen Grafschaft Derry.
Irgendwann hatten seine Untertanen die Nase voll und ließen ihn von Cathán, einem benachbarten Stammeshäuptling, umbringen. Man beerdigte ihn stehend, wie es bei keltischen Häuptlingen üblich war, aber schon am nächsten Tag kletterte Abhartach aus dem Grab und setzte seine blutige Orgie fort. So tötete Cathán ihn erneut, aber das Monster feierte abermals seine Wiederauferstehung und verlangte nach Blut. Abhartach war zu einem neamhmarbh geworden, zu einem Untoten.
Erst ein Schwert aus Eibenholz brachte ihn endgültig zur Strecke. Man begrub ihn kopfüber, wie ein Druide empfohlen hatte, und legte einen Granitbrocken auf das Grab. Seitdem gibt Abhartach Ruhe, aber die Einheimischen warnen, dass man sich nicht

zu sicher fühlen dürfe. Sobald man den Granitstein entferne, werde der Untote wieder sein Unwesen treiben, heißt es.
Weil Stoker bis zu seinem siebten Lebensjahr bettlägerig war, erzählte ihm seine Mutter oft Geschichten, darunter auch die von Abhartach. Hinzu kommt, dass Stoker 1845 geboren ist, als die Hungersnot begann, der eine Million Menschen zum Opfer fielen. Um zu überleben, zapften viele den Tieren Blut ab und tranken es in ihrer Verzweiflung. Aus dieser Zeit stammt der Begriff „droch-fhoula“, der „verdorbenes Blut“ bedeutet. Ausgesprochen wird es „Drocola“. Dracula liegt also mitnichten weit weg in einer Gruft in Rumänien, sondern ganz in meiner Nähe. Aber ich habe ja zum Glück die Hand des Kreuzritters mehrmals geschüttelt. Und ich lebe noch, auch wenn ich nicht mehr der Jüngste bin. Auch im Alter lernt man noch neue Wörter kennen. Meist handelt es sich allerdings um medizinische Fachbegriffe.
Meine Ärztin im westirischen Ballyvaughan erklärte mir, ich hätte eine „Diverticulitis“. Aha. Das Übersetzungsprogramm in meinem Handy verriet mir den deutschen Namen: „Divertikulitis.“ Nochmal Aha. Meine Ahnungslosigkeit erinnerte mich an die Begegnung mit dem Vertrauensarzt der Lebensversicherung, von dem ich mir vor langer Zeit einen tadellosen Gesamtzustand bescheinigen lassen wollte, um eine Hypothek zu ergattern. Die Bank hatte nämlich eine Versicherung verlangt, falls ich vor Begleichung der Schulden ins Gras beißen würde.

Da Versicherungsprämien für Raucher ins Unermessliche steigen, gab ich mich als Nichtraucher aus und sprühte mich vor Betreten der Arztpraxis mit Parfüm ein, was beim Arzt Irritationen auslöste. Das zweite Mal war er irritiert, als ich ihm versicherte, dass es mir prächtig gehe und ich mich erst vor kurzem einer Kolostomie unterzogen hätte. Sein Gesichtsausdruck verriet, dass es ein Problem mit der Hypothek geben würde. Dabei hatte ich bloß zwei Buchstaben verwechselt: Ich meinte eine Koloskopie.

Zum Glück konnte ich das kleine Missverständnis aufklären, so dass die Bank of Ireland die Hypothek herausrückte. Dieselbe Bank will nun aber, dass ich das Haus aufgebe und zu den Kindern ziehe, denn weil die Hypothek abbezahlt ist, verdient sie nichts mehr an mir. Die Bank hat im Fernsehen Werbung geschaltet, die suggeriert, dass alte Leute zu viel Platz beanspruchen und ihr Haus gefälligst an junge Menschen verkaufen sollen, die dafür eine Hypothek aufnehmen müssen.

Die Bank of Ireland ist nach dem Crash 2008 durch viele Milliarden Steuergelder gerettet worden. Als sie wieder auf den Beinen war, klagte sie die Menschen, die aufgrund der Steuererhöhungen für die Bankenrettung mit Hypothekenzahlungen im Rückstand waren, aus ihren Häusern. Mögen die Bankiers von Divertikulitis oder einer anderen Krankheit, deren Namen ich noch nicht kenne, heimgesucht werden.

Biographien:

Ralf Sotscheck

Sotscheck wurde 1954 in Berlin geboren. Nach dem Abitur arbeitete er als LKW-Fahrer, als Fließbandarbeiter in einer Erdnussölfabrik, als Ätzer in einer Druckerei und als Briefträger. Die Jahre 1976-77 verbrachte er als Assistenzlehrer für Deutsch in Belfast. 1984 nach 22 Semestern Studium an der Freien Universität Berlin erlangte er das Diplom als Wirtschaftspädagoge, allerdings ohne Aussicht auf einen Job. Deshalb zog Sotscheck 1985 nach Dublin und versuchte sich als Irland-Korrespondent für die *taz, die tageszeitung*, zwei Jahre später war er auch für Großbritannien zuständig. Und dabei ist es geblieben. Wegen seiner oft gescheiterten Versuche, das Rauchen aufzugeben, machte ©TOM ihn zur Witzfigur „Raucher-Ralle".

©TOM

Thomas Körner – so heißt er richtig – kam 1960 in Säckingen im Badischen zur Welt. 1981 zog er nach Berlin, studierte ein bisschen Politologie, schmiss das Studium bald wieder und verdingte sich als Packer. Als er 30 wurde, entschied er sich für den Beruf als Witzbildchenzeichner, wie er seinen Job nennt. 1991 fing er an, täglich außer sonntags für die Wahrheit-Seite der *taz* sein Touché zu zeichnen. Es gibt keinen Zeichner in Deutschland, der schon so lange dermaßen täglich liefert. Wenn man mit ihm in einem Wirtshaus sitzt und Alkohol vernichtet, bis der Morgen graut, zückt ©TOM bisweilen unauffällig eine Kladde, macht eine flüchtige Skizze oder notiert ein paar Worte. Ein paar Tage später findet man sich oder irgendwelche Mittrinker im Touché. ©TOM beobachtet die Welt in Dreierbildern. Und das ist gut so.

Michael Ringel

Ringel wurde 1961 in Moers geboren, schaffte aber schon 1982 den Absprung nach West-Berlin, wo er Germanistik und Publizistik studierte. Seine Magisterarbeit hatte das Thema „Die Spiegelung der antiken Welt in frühen Erzählungen von Arno Schmidt". Ab 1992 arbeitete er als freier Journalist, später als Redakteur und Chef vom Dienst bei der Wochenzeitung *Der Freitag*. 2000 ging Ringel zur *taz*, wo er seither für die Satire-Seite „Die Wahrheit" zuständig ist. Er legte drei Grundsätze der Seite fest: Warum sachlich, wenn es persönlich geht. Warum recherchieren, wenn man schreiben kann. Warum beweisen, wenn man behaupten kann. Zu Ringels Hobbys zählt das Sammeln von Listen sowie von Port und anderen alkoholhaltigen Getränken, die er gerne mit den beiden oben genannten Personen teilt.

Inhaltsverzeichnis

Printed in Poland
by Amazon Fulfillment
Poland Sp. z o.o., Wrocław

17063662R00067